中公文庫

人　格　者

佐藤青南

中央公論新社

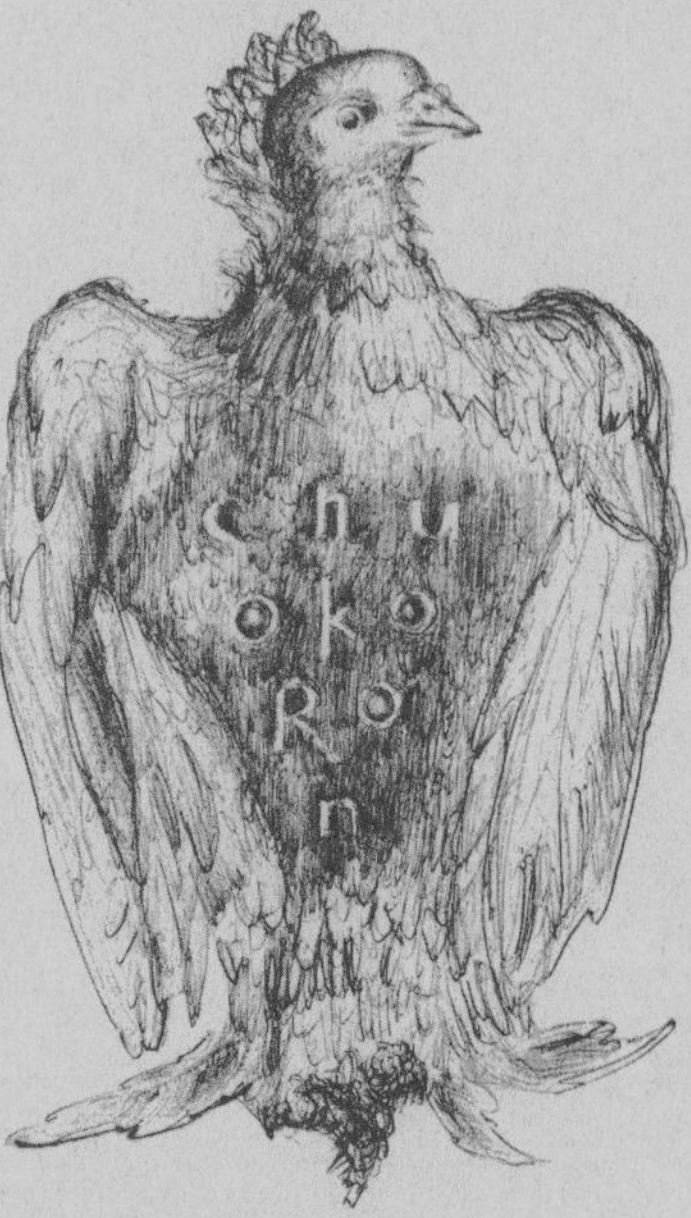

人格者

佐藤青南

中央公論新社

目次

人格者

プロローグ

――大丈夫大丈夫。

森《もり》田《た》杏《あん》は胸の内で唱えながら長い息を吐き、ヴァイオリンの弦に弓を置いた。

左右に視線を動かす。

左にはチェロとヴィオラ、右にはヴァイオリン。いわゆる弦楽四重奏編成だ。全身を黒で固めたコーディネートで統一しているものの、ほかのメンバーは杏の親と同世代だった。技術と経験を兼ねそなえた、一流のオケマンたち。こんな場所に自分がいてもいいのかという恐れ多さと、このカルテットの一員に選ばれたのだという誇らしさが、つねにせめぎ合っている。

まずはチェロ、次にヴィオラ。

最後に二つのヴァイオリンが演奏に加わった。左手が八分音符で押弦する間に、右手は素早く動いて細かい音を奏《かな》でる。トレモロ奏法だ。

四つの弦楽器が奏でる第一主題のメロディーは、不穏さと焦燥感を湛《たた》えていた。

どこへ向かうのか、なにに追われているのか。聴衆の心が不安にかき乱されたときに提示されるのが、三連符を用いた第二主題だ。

視界の右端で、眼鏡《めがね》の男が大きく身体を動かした。

第一ヴァイオリンの久米《くめ》充《みつる》。腕だけでなく、全身を使ってヴァイオリンを鳴らしているようなダイナミックな弓使い。繊細さと大胆さが同居するロングトーンのヴィブラートは、嗚咽《おえつ》しているかのようで、何度聴いても震えが来る。

ただ、聴き惚《ほ》れている余裕はない。自分のせいでアンサンブルを台なしにするわけにはいかない。杏が奏でたカウンターメロディーに、チェロとヴィオラが続く。

トレモロの音量が増していき、緊迫感が頂点に達したところで、曲はふいに表情を変える。

長調に転調した。ゆったりとした、雨上がりの日だまりのような心象風景が描き出される。

緊張と緩和。

四人の奏者は一糸乱れぬ演奏で、めまぐるしい展開を完璧に表現していく。

ふいに客席から赤ん坊の泣き声が聞こえ、集中が途切れそうになる。

最前列の席の若い母親が、申し訳なさそうに赤ん坊をあやしていた。

すかさず久米が立ち上がる。

彼は演奏を続けながらステージの先端まで歩いた。しゃがみ込み、大丈夫、気にしないでという感じに、若い母親に頷《うなず》きかける。若い母親とその周囲の観客に、笑顔が戻った。

久米が背筋をのばした。

客席全体を見回しながらリズムに合わせて身体《からだ》を揺らす。

自然発生的に手拍子が起こる。

クライマックス。

久米が左右の手指を素早く動かしてソロを奏でる。手拍子の音量が上がるのに呼応して、身体の動きも大きくなる。ほかの三人はソロイストを見守りながら、安定感のある堅実な伴奏で曲を支えた。

天を翔《かけ》るようなヴァイオリンのメロディーが着地し、ほかのパートと足並みを揃《そろ》えてフイナーレを迎えた。

久米が右手の弓を掲げ、聴衆にアピールする。

手拍子がそのまま喝采《かっさい》に変わった。

しばらく聴衆に弓を振っていた久米が、こちらを振り返る。

ちょっと調子に乗り過ぎちゃった、という感じに肩をすくめるしぐさが、少年のようだ。

久米が定位置に戻り、足もとに置いてあったマイクを手に取る。

えー、と発声し、とんとん、とマイクを軽く叩《たた》いてから、電源が入っていないのに気づいたらしい。客席から軽い笑いが起きる。

ブツッ、という通電音の後、話し始めた。

「メンデルスゾーンの弦楽四重奏曲第六番、第一楽章でした。先ほどもお話しした通り、クラシックはそのままでも楽しめますが、その曲が作られた背景を知ることで、よりいっそう楽しむことができます。この曲は、メンデルスゾーンが発表した最後の弦楽四重奏曲です。実はメンデルスゾーンは——」

そのとき、赤ん坊の泣き声がして話が中断する。

「いいんですよ。赤ちゃんは泣くのが仕事です」

どっと客席が沸いて、場が和《なご》んだ。

「メンデルスゾーンはこの曲を作る少し前に、お姉さんを亡くしています。メンデルスゾーンは四つ年上のお姉さんのことが大好きで、彼自身は結婚して奥さんもいたのですが、本当はお姉さんのことが好きだったのではないかと言われているほどです。ですからお姉さんが死んで曲作りにも集中できなくなってしまい、とても苦しみました。そんな深い悲しみの中で生み出されたのが、この弦楽四重奏曲第六番です。その背景を知った上で曲を聴くと、激しいパートはお姉さんを亡くした深い悲しみを、ゆったりと穏やかなパートは、お姉さんとの幸せな思い出を表現しているのが、よくわかると思います。ですから私はこの曲を演奏するとき、つい感情移入していつも泣きそうになってしまいます。ですから赤ちゃんが泣き出したのも、もしかしたら曲に込められた悲しみが伝わったせいかもしれません。そちらの赤ちゃん、お名前はなんというんですか」

ステージからの問いかけに、客席から「リュウです」と声が上がる。

「リュウ？　もしかして五島龍《ごとうりゅう》の龍と同じですか？　日本を代表する人気ヴァイオリニストと同じ名前だなんて、やっぱりその子には才能がある。将来はぜひヴァイオリンを習わせてください」

客席からの笑い声が収まるのを待って、久米は続けた。

「いまのは冗談ですが、私たちクラシック奏者は、作曲者の生きた時代背景や作曲者の人生を学び、この曲がどんなときに作られたのか、作曲者はどんな思いを込めたのかを想像しながら演奏しています。不思議なことに、そうすることで同じ音が違った響きに聞こえてくるのです」

低く深い声での落ち着いた語り口に、大人の聴衆は頷きながら聞き入っている。子どもはじっとしていられないようだ。「もう終わった？」とどこからか母に訊《たず》ねるような幼い声がして、客席はふたたび笑いに包まれた。

「次の曲で終わりだよ」

久米の発言に、笑いが大きくなる。

「私たち関東フィル弦楽四重奏団は、その名の通り、関東フィルハーモニー管弦楽団に所属する四人で結成しました。少しでもクラシックに親しんでもらえるように企画した、この『親子DEクラシックコンサート』も、もうすぐ三十回を数えます」

客席から起こった拍手に胸に手をあてて応え、久米は続ける。

「クラシックはけっして堅苦しいものではありません。ドレスアップして、座席におとなしく座ってお行儀良くしていなければ楽しめないものでもありません。身体を揺らしたり、踊ったり、ときには一緒に歌ったり、好きなように楽しんでもいいんです。クラシックに敷居の高さを感じている、すべての人にクラシック音楽の良さを伝えたい。この三人は、私の考えに賛同してくれた仲間たちです。紹介させてください」

久米がメンバーを手で示しながら紹介する。

「ヴィオラは青木《あおき》美玲《みれい》。チェロは岩見《いわみ》英樹《ひでき》」

青木と岩見が立ち上がり、聴衆にお辞儀《じぎ》する。

「そして私と同じヴァイオリンは、新メンバーの森田杏」

杏は立ち上がり、客席を見渡した。五百近い座席が笑顔で埋め尽くされた光景に、胸がいっぱいになる。

そしてチェロの岩見が足もとのマイクを手に取り、プロレスのリングアナウンサーよろしくハイテンションで久米を紹介した。

「最後に我らがリーダー！　第一ヴァイオリンは、久米充！」

拍手がひときわ大きくなる。

久米が聴衆に頭を下げている隙に、杏はヴァイオリンを椅子に置いて席を離れた。

スタッフから受け取った花束を、久米に差し出す。

「わあっ」

久米が目を丸くしながら花束を受け取った。

ヴィオラとチェロがハッピーバースデーのメロディーを奏で始め、聴衆も理解したようだ。曲に合わせた手拍子で、久米の誕生日を祝う。

花束と引き換えに受け取ったマイクで、杏はメロディーの途中から歌った。

「ハッピーバースデー、ディア、久米さーん。ハッピーバースデー、トゥー、ユー」

今日もっとも大きな拍手が降り注いだ。

一人ひとりのメンバーに向かって「ありがとう」と口を動かし、客席を向いて感激に浸っていた久米が、花束をスタッフに渡し、杏からマイクを受け取る。

「ありがとうございます。もう祝ってもらうような年じゃないから、メンバーには話していなかったのに」

久米がメンバーたちを見る。

三人のうち、とくに久米と親しいチェロの岩見が、してやったりという感じの笑みを浮かべた。今日のサプライズを企画したのは、岩見だ。

久米が客席に視線を戻す。

「皆さんも一緒に祝ってくださり、本当にありがとうございます。いまの流れだと、祝わないといけない空気でしたよね。すみません。気を遣わせてしまって」

笑いの波が客席を覆う。

「私ももう四十八歳になってしまいました」

おお、と、どよめきが起こった。

「それはどういう意味ですか。もっと若く見えるということですか」

若く見える。杏は聴衆と一緒に頷いた。久米はとても自分の父と同世代に見えない。すらっとしたスタイルを保っているし、聡明だし、えらぶったところもないし、お洒落だ。

「早く帰ろう」と駄々をこねる子どもの声がして、またも客席が沸いた。

「そうだね。早く帰りたいよね。でももう一曲だけ、演奏させてくれないかな。この曲はたぶん喜んでもらえると思う。みんな、一緒に歌ってほしいな。保護者の皆さんも、よければご斉唱ください」

久米が告げた演奏曲目に、大きな拍手が起こった。子どもに大人気のアニメのテーマ曲を弦楽四重奏用にアレンジしたもので、いまではこのカルテットの定番曲となっている。

久米が席につき、チンレストに顎を載せて弓をかまえる。

準備はオッケーか、と問う視線がこちらを向いた。

頷きながら、杏は幸せを噛《か》みしめていた。

半年前には、こんな未来を想像することすらできなかった。

関東フィルハーモニー管弦楽団の一員となり、カルテットにも参加して、あの久米充と同じステージで同じ曲を演奏している。

頑張ってきてよかった。諦めなくて、本当によかった。

演奏が始まる。

知っている曲だからか、ざわついていた子どもたちがおとなしくなる。

ちらほらと客席から聞こえていた歌声が次第にまとまり、最後には大合唱になった。

久米も主旋律を奏でながら、口を動かしている。本当に楽しそうにヴァイオリンを演奏する人だ。見ているだけで自分も笑顔になる。

この人は本当に素晴らしい。尊敬できる演奏者であり、人格者だ。

彼こそが理想のコンサートマスターだ。

この曲が久米充とともに演奏する最後の機会になると、そのとき杏は考えもしなかった。

第一章

1

音喜多弦《おときたげん》はハラハラしながらスマートフォンを見つめていた。

両手でかまえた液晶画面の中では、少女がヴァイオリンを弾《ひ》いている。

娘の結菜《ゆな》だ。せっかくフリルのついたひらひらのドレスで着飾っているのに、親の仇《かたき》にでも対峙《たいじ》するかのような顔つきで、自分の左手を睨《にら》んでいる。だがその真剣な表情とは裏腹に、紡《つむ》ぎ出される音は酷《ひど》いものだった。

滑り出しはよかったのだ。少なくともそれがブラームスのハンガリー舞曲第五番であることはわかった。クラシックに明るくない音喜多にも聞き覚えのあるメロディーで、プログラムを確認して、これがあのブラームスかと頷いた。

だが順調だったのは最初の二小節ほどだった。ガラスをひっかくような不快な音を合図に、結菜の演奏は見る間に崩れていった。右手が弓を動かすたびに余計な弦が鳴り、左手もおたおたと指板上を千鳥足《ちどりあし》で彷徨《さまよ》っているかのようだ。隣に座った元妻の愛莉《あいり》を見ると、膝《ひざ》の上でぎゅっとハンカチを握り締めていた。

　小さな音楽教室スタジオの客席は、せいぜい三十ぐらいだろうか。余裕を持って並べられた椅子に、音楽教室の生徒とその保護者が座っている。譜めくりのために結菜のすぐ横に控える先生だけでなく、この空間にいる全員が、初めての発表会で悪戦苦闘する生徒を応援する雰囲気になっていた。いわゆるクラシックのコンサートの緊張感とは異なる、あたたかい空気に満ちていた。

　しかし皆の心からのエールもむなしく、ついに結菜の手は止まった。

「結菜ちゃん、ここ」

　弾いている場所がわからなくなったと思ったのか、先生が小声で譜面を指し示す。いかにも音大卒といった雰囲気の、上品そうな若い女の先生だ。

　結菜の視線は先生の指先を追って動いたが、右手が動き出すことはない。

「結菜ちゃん。頑張って」

　二つのこぶしを顔の前に持ち上げて鼓舞《こぶ》されても弓が動き出すことなく、最後にはすとんと床を向いた。

「もう、やだ」

結菜がかぶりを振る。彼女が幼いころ、テレビゲームでついむきになって娘を負かしたときなどに、よく見たしぐさだった。三つ子の魂百までとはよく言ったものだ。おかしさと懐かしさで、音喜多は噴き出してしまう。

すると元妻から腕を叩かれた。

「笑うところじゃないでしょう」

結菜は唇を曲げた不機嫌そうな表情で、誰とも目が合わない方向を見つめていた。完全にふてくされている。

「まだ途中だよ。もう少し頑張ってみない？」

先生はやさしく叱咤《しった》する。

「やだ」

「どうして？」

「上手《じょうず》にできないから」

横から元妻の深いため息が聞こえた。娘の頑固さを知り尽くしているがゆえに、ゲームオーバーを悟ったのだ。

はたして、先生の粘り強い説得や客席からのあたたかい声援は無駄になった。結菜は曲を最後まで演奏することなくステージをおり、ほかの生徒の演奏中も、ずっと不機嫌そうにあさっての方向を見つめていた。

「もうヴァイオリンやめなさい」

元妻の怒りが爆発したのは、演奏会のすべてのプログラムが終了し、音楽スタジオを出てからのことだった。ほかの生徒の演奏に惜しみない拍手を送り、最後に先生に挨拶するときにも笑顔を浮かべていたので、それほど怒っていないのかと思っていたが、感情を押し殺していただけのようだ。

「やだ」

娘も娘で不機嫌を思い出したように、たん、と地面を踏み鳴らした。

愛莉が鬼の形相で振り返る。

「そんなに言うなら、どうして途中で演奏をやめたりしたの」

「上手《うま》く弾けなかったから」

「上手く弾けないのは練習が足りないからでしょう」

「いつもはもっと上手に弾けるもん！」

娘はふたたび地面を鳴らした。母への敵意というより、思うような演奏ができなかった自分のふがいなさへの憤りのようだ。

東京から川を一本渡った都市にある、大型ショッピングモールの中だった。レッスンは都内で行われているが、発表会のために、このショッピングモールの楽器店に併設された音楽スタジオを借りたらしい。

睨み合う母娘と途方に暮れる父という図式に、買い物客たちが好奇の眼差《まなざ》しを向けながら通り過ぎていく。

「最初から上手く弾けるわけないでしょう」

「でもいつもはもっと上手く弾ける。思うように手が動かなかったの」

「初めて人前で演奏するんだから、緊張して上手く弾けないのは当然じゃない。私は上手に弾けなかったことを怒ってるんじゃない。あなたが演奏を投げ出したことを怒ってるの。だいたい、ヴァイオリンをやれなんて、一言も言ってないわよね。あなたが自分からやりたいって言った。だから安くもないお月謝を払って教室に通わせた。わかってるわよね」

母の鋭い視線を、娘は両肩を持ち上げ、足を踏ん張って受け止める。

「もうヴァイオリン教室には行かせない。お月謝の無駄になる」

「やだ！」

「あなたがやったことなんだからね」

「やぁだ！」

娘がすがるような視線を向けてくる。

「まあまあ。結菜も悔しかったんだから……」

音喜多が絶句したのは、妻の鋭い眼差しに射すくめられたからだった。

「いいわよね、一緒に生活してない人は。ただ娘に好かれたいがために甘やかして、良い顔をしていればいいんだから」

なにも言い返せない。

肩で風を切るような元妻を追って、立体駐車場に駐めた軽自動車のそばまで来た。元妻が運転席に乗り込み、娘は後部座席に乗り込んでシートベルトを締めた。助手席に座らなかったのは、母親への抗議の意思表明だろう。

娘になにか言いたげな顔をした愛莉だったが、結局は言葉を発することなく、音喜多を見上げた。

「また連絡するわね」

「わかった。気をつけて」

「パパ。バイバイ」

軽自動車が走り出した。

リアウィンドウ越しに結菜が手を振っている。

軽自動車が見えなくなると、どっと脱力した。娘と過ごす時間が嫌いなわけではないが、日常ではありえない消耗があるのは間違いない。妻とのすれ違いがなくても、父親に向いていなかったのかもしれない。

さて、なにをして過ごすか。くせっ毛の髪をかきむしったときの感触で、そろそろ散髪が必要だと思った。天然パーマが伸びきって音楽室の肖像画のような髪型になるのがコンプレックスなのに、つい散髪をサボってしまう。今日の発表会でもやたらと生徒や保護者の視線を感じたが、もしかしたらクラシック作曲家のコスプレでもしていると誤解されただろうか。

「よし。今日は髪を切ろう」

歩き出そうとしたとき、懐のスマートフォンが震えて嫌な予感がした。

液晶画面で発信者を確認し、天を仰ぐ。

警視庁捜査一課の番号が表示されていた。

散髪はもうしばらく先になりそうだ。

2

地下鉄をおりてホームを歩いていると、背後から肩を叩かれた。

振り返ると、坊主頭《ぼうずあたま》で目つきの鋭い、明らかに堅気《かたぎ》でない空気をまとった男が、唇の片端を持ち上げている。

「最上《もがみ》」

「同じ電車だったみたいだな」

最上一雄《かずお》は捜査一課の同僚だ。入庁も同期でときどき飲みに行ったりする仲だが、いまだに組対四課で暴力団と渡り合っていた感覚が抜けきらないらしく、一見した印象はまるきり暴力団員だ。繁華街を一緒に歩くと、通行人に避けられて道ができる。

いまもそうだった。比較的混み合ったホームで、音喜多と最上だけは障害物がなく真《ま》っ直《す》ぐに歩いている。

「相変わらずガラ悪いな」

「おまえは相変わらずダンディじゃないか。インチキ探偵みたいだ」

最上がからかい口調で顎をしゃくった。音喜多の中折れ帽のことを言っているらしい。

「おまえはいつも一言余計だな」

「じゃあ、インチキか」

「残すなら探偵のほうだろ」

ははは、と最上が高らかに笑うと、近くの通行人が怯《おび》えた顔で遠ざかった。のぼり口が近づいてきた。最上はエスカレーターを避け、階段を選んだ。最近腹回りの肉が気になり始めたので、極力階段を使うようにしていると言っていた。音喜多も同僚に倣う。

最上が階段をのぼりながらスマートフォンを確認し、軽く舌打ちを漏らした。

「負けたのか」

音喜多はあきれて笑う。

眉間《みけん》に皺《しわ》を寄せた後で、最上が訊《き》いた。

「どうしてわかった」

「おまえの休みの過ごし方なんて、パチンコか競艇ぐらいなものだろう」

「そういうおまえは、さぞ有意義なプライベートを過ごしていたんだろうな」

「娘のヴァイオリンの発表会だった」

「ヴァイオリンだと？」

愉快そうに目を細められた。

「放っとけ」

「なにも言ってないだろ。半分はおまえ以外の遺伝子も入ってるから、そっちに期待だな」

演奏をやめてふてくされた様子で立ち尽くす娘の様子を思い出し、音喜多は鼻に皺を寄せた。音楽的才能については、自分の遺伝子のほうが勝ったかもしれない。

「そういえば」と、最上が頬をかく。「今回の被害者も、音楽家らしいな」

「そうなのか」

招集の電話では伝えられていない情報だった。さすが執念深い聞き込みで『蛇』の異名をとる男だ。

「ああ。プロのオーケストラに所属するヴァイオリニストらしい……となると、あの事件を思い出すな。ほら、経歴を偽ってのし上がった……」

「篁奏《たかむらかなで》」

「そうそう。あいつ」

「やつは作曲家で指揮者だった」

深沢《ふかさわ》一丁目公園殺人事件。

他殺体の身元を調べるうちに、当時天才作曲家としてマスコミの寵児となっていた篁奏の過去と正体を暴くことになった。愛を知らない天才ピアニストが、愛を手に入れるために怪物に変貌していく人生の道筋を辿《たど》るような捜査だった。

たしかに印象深い。だが過去を振り返る音喜多の脳裏《のうり》に浮かんでいたのは、篁奏ではなく、別の人物の顔だった。

小柄で童顔。幅広の二重まぶた。まったく似合わないピンストライプのパンツスーツに、やたらと重そうなショルダーバッグ。

鳴海《なるみ》桜子《さくらこ》。

警視庁玉堤《たまづつみ》警察署所属で、音楽隊採用されたにもかかわらず、刑事事件捜査の最前線に配置され続ける女性刑事で、深沢一丁目公園殺人事件の捜査でペアを組んだ。相貌失認《そうぼうしつにん》で他人の顔の判別ができない代わりに、絶対音感とするどい洞察力を持ち、事件解決に貢献する。あの事件も、鳴海がいなければさらなる被害者が生まれていた。

捜査本部解散以来、連絡をとっていない。それでも鳴海の印象は強烈だったし、頭の片隅でずっと気になっていた。彼女は希望通り、音楽隊に配属になっただろうか。

それとも――。

大泉《おおいずみ》中央署の署舎が見えてきた。今回の捜査本部は、ここの三階に設置されることになる。つまりはこの無愛想きわまりない古びた灰色の建物が、音喜多たち捜査員の当面の寝床となる。

音喜多と最上は署舎の玄関をくぐり、エレベーターで三階にのぼった。

大会議室の出入り口には『大泉男性放火殺人事件』と毛筆で書かれた看板が立っている。百ほどある席の半分以上が、すでに埋まっていた。がやがやと騒がしい部屋の前方で、所轄の若手刑事たちが捜査会議の準備に慌ただしく動き回っている。

音喜多は出入り口に近い適当な空席の椅子を引きながら、大会議室に集う顔ぶれを見回した。捜査一課の同僚たちに、所轄の刑事。半分以上は知らない顔だ。女性もちらほらと見えるが、鳴海の姿はない。

「どうした」

最上に訊ねられ、「いいや」と生返事した。

プロのオーケストラに所属するクラシック演奏家が被害者なら、同僚の楽団員に事情聴取する必要もあるだろう。音大卒で音楽隊採用のキャリアを持つ鳴海には、うってつけの役割だ。応援として捜査本部に招集されたかもと思ったが、予想は外れたらしい。

残念なのと同時に、安堵《あんど》する気持ちもあった。

あれから二年の歳月が流れている。おそらく鳴海は、音楽隊に異動したのだろう。刑事部にとっては間違いなく損失だが、そもそも彼女は、犯罪捜査をするために警察官になったのではない。

「なに笑ってんだ。気味が悪い」

最上に指摘されて初めて、自分が笑っているのに気づいた。

「なんでもない」

そのうち音楽隊の演奏を聴きに行ってみるか。

しばらくして捜査会議が始まった。

説明された事件の概要はこうだ。

昨日の午後四時五十二分、隣家から煙が上がっているとの通報を受けた消防が、現場に急行した。現場は練馬区《ねりまく》大泉にある木造一戸建て住宅。火の手は庭に面したリビングから上がっており、消防による懸命の消火活動の結果、火災自体は三十分ほどで鎮火した。

ところが、焼け跡から遺体が発見されたのだった。遺体は男性で、四十代から五十代、おもに身体の前面が激しく焼損しており、一見して人物が特定できる状態ではなかった。遺体はリビングのソファに横たわっていた。近くにカーテンの切れ端らしき布片が落ちており、カーテンレールにはカーテンが取り外された形跡も見られることから、カーテンを遺体にかぶせて着火したのではないか、というのが、消防の火災調査による見解だ。遺体の顔を見たくないという罪悪感の表れか、あるいは、遺体に直接着火しようとしたが、上手く火が点《つ》かなかったために助燃剤としてカーテンを使用した可能性もある。

　これだけでも他殺と判断するのにじゅうぶんだが、決定的だったのが、遺体の後頭部の骨が陥没していたことだった。凶器は馬の彫像と思われる。もともと棚に置かれていたと思われる彫像が床に落ちており、かつ、馬の左前脚の部分が欠けていた。遺体の肺には煙を吸い込んだ形跡がみられたため、後頭部を殴打された時点では生きていたと思われる。死因は詳しい司法解剖の結果待ちだが、煙を吸い込んだことによる一酸化炭素中毒ではないかという報告だった。犯人は被害者を殴打し、意識を失った被害者にカーテンをかぶせ、着火したのだ。

　遺体の身元特定には至っていないが、着衣から、現場家屋に住む久米充だと思われた。久米は四十八歳で、関東フィルハーモニー管弦楽団に所属するプロのヴァイオリニストだった。妻子と同居しているが、イベント制作会社に勤務する妻の悦子《えつこ》は出勤しており、中学一年生の息子・太陽《たいよう》はサッカー部の練習が休みで、池袋《いけぶくろ》に映画を観に出かけていて留守だった。

　扉や窓にこじ開けた痕跡はなく、被害者が後頭部を殴打されている——つまり犯人に背を向けるほど油断していることからも、犯人は被害者の顔見知りとみられる。被害者は自ら犯人を自宅に招き入れ、殺害された。被害者の財布や銀行の預金通帳などは手つかずで残されていたため、物盗りの可能性は低い。

　地取り捜査で不審人物の目撃証言を探しつつ、被害者の交友関係を洗うという、セオリーに準じた捜査方針が立てられた。

　そうなると音喜多の予想通り、被害者の同僚の楽団員に聞き込みすることになりそうだ。いよいよ鳴海の力が必要な局面だが、彼女はすでに音楽隊に異動しているのだろう。

　――と、そのときだった。

　会議室の扉が勢いよく開き、その鳴海が駆け込んできた。

「えっ……？」

　幻覚でも見ているかのようだった。

「いまごろなにをやってる！」

　ちょうど捜査員たちに檄《げき》を飛ばしていた管理官が、その口調のまま鳴海を怒鳴りつけた。

　鳴海は自分に言われているとは思っていない様子で、きょろきょろしながら空席を探している。

　度を超したマイペースぶりに、管理官は呆気《あっけ》にとられたようだった。周囲の捜査員たちも、唖然《あぜん》としている。

奇妙な沈黙の中、ええとええと、と鳴海の呟《つぶや》きだけが響いた。

「あそこ、空いてる」

鳴海が歩き出した。

ちょうど隣を通過しようとしたので、音喜多は立ち上がり、彼女の腕をつかんだ。

「おい。久しぶりじゃないか」

振り返った鳴海が、大きな目を瞬《しばた》かせる。なにもかも変わっていない。服に着られているかのようなスーツの着こなし、大きなショルダーバッグ、とぼけた雰囲気。ここでの再会はすなわち、鳴海の夢が叶《かな》っていないことを示すのだが、再会自体は素直に嬉《うれ》しい。

鳴海は吸い込まれるような瞳で音喜多を見つめ、二回、三回と首をかしげてから言った。

「どちらさまですか」

これぞ鳴海桜子だと、音喜多は実感した。

3

「まだその帽子《ぼうし》、かぶってるんですね。よく似合ってます」

なにげなく発せられた鳴海のひと言に、内心で深いため息をついた。

音喜多はお洒落《しゃれ》で中折れ帽を身につけているわけではない。『深沢一丁目公園殺人事件』

で初めてペアを組み、捜査に出かけると、鳴海はしばしば相棒を見失って道に迷いそうになった。相貌失認で顔を認識できないために、背格好が似ている通行人を音喜多と見間違えて、ついていってしまうのだ。中折れ帽は鳴海のための目印だった。その後もかぶり続けているのに意味はないが、強いて言えば験担《げんかつ》ぎだ。

かぶり続けていてよかった。

およそ二年ぶりに会った鳴海は、再会を喜ぶ音喜多に「どちらさまですか」とのたまった。「おれだよ、音喜多だよ」と中折れ帽をかぶって初めて、ようやく以前にペアを組んだ捜査一課の刑事だと認識したようだ。中折れ帽を所持していなかったら、捜査本部で女性刑事をナンパする勘違い男になっていた。

二人は住宅街を歩いている。まずは現場を見てみたいと、鳴海が言い出したのだ。普通なら捜査一課の刑事が所轄の刑事の意向を優先するなどありえないが、鳴海の能力を知ってなお、そんな縄張り意識を発揮できるのなら、そいつは無能でしかない。

音喜多は帽子を手で直し、言った。

「そんなことより、まだ刑事課にいるのか」

「そうなんです。あ、所属は大泉署じゃありませんよ」

「わかってる。応援だろ」

初めて見る珍獣に接するかのような、おっかなびっくりの空気でわかった。本来の所属である玉堤署なら、鳴海の扱いにはもっと慣れているだろう。

「とっくに音楽隊に異動したとばかり思っていたが」

鳴海が左肩に提《さ》げている大きなショルダーバッグになにが入っているのか、音喜多は知っていた。楽譜だ。鳴海は刑事として捜査に携わりながらも、つねに楽譜を持ち歩いている。それほど強い思いを抱いているのだ。

「そうなんですよねえ」

鳴海が首をかしげる。

二年前の段階で入庁五年目だったから、彼女はすでに三十歳手前のはずだ。

「当然、異動願いは出し続けてるんだろう？」

「ええ。まあ」

それなら玉堤署の刑事課長が握りつぶしているのかもしれない。

「音喜多さんは、最近どうですか。なにか変わったこと、ありますか」

「変わったこと、か」

三十代バツイチ男の日常に、人に話せるほど愉快な話題はない。

いや、そうでもない。

「娘がヴァイオリンを始めた」

「そうなんですか」

音大出の刑事の顔が、ぱっと明るくなる。

「ちょうどさっき、発表会だったんだ」

「発表会、観られなかったんですか？」

鳴海が気の毒そうな顔になる。

「いや。発表会が終わったタイミングでの呼び出しだったから、観ることはできた」

「観ることは」を強調した。

「観ることは」できた。だが曲を最後まで聴くことはできていない。

「こいつを見てくれ」

音喜多はスマートフォンに保存していた動画を再生させた。

スマートフォンを受け取った鳴海が「ブラームスですね。ハンガリー舞曲第五番」と曲名を口にする。

「さすがだな。こんな下手《へた》くそな演奏なのに、一瞬でわかった」

「超有名な曲ですから。初心者の発表会にはぴったりです」

嬉しそうに動画を見ていた鳴海だったが、結菜が音を外すとぴくりと眉《まゆ》を持ち上げた。

それが何度も続き、ついには演奏が完全に止まってしまう。

音喜多はスマートフォンを回収した。

「この態度に、元妻がカンカンに怒ってな。もうヴァイオリンやめなさい……って」

「結菜ちゃん、思うように手が動かなくて悔しかったんじゃないかな」

　同情する口調だった。

「まさしくそんなことを言っていた」

「やっぱり。生まれて初めての発表会だと、練習でできていたはずのことがぜんぜんできないんです。こんなに指が動かないものかと愕然《がくぜん》とするし、こんなはずじゃないのにって、自分に腹が立ちます。実は私も、似たような経験があります」

「そうなのか」

　意外だった。前に一度だけ、鳴海の歌を聴いたことがある。あまりに堂々とした歌いっぷりに、止めに入るのも忘れて聴き入ってしまった。専門的にどうなのかは知らないが、彼女の歌には、人の心を動かす力がある。

「私の場合はピアノだったし、小学校に入る前ぐらいだったんですけど、結菜ちゃんと同じようになっちゃって……あのときは、もう二度とピアノなんて弾きたくないし、人前で演奏したくないって思ったなあ」

　懐かしそうに目を細める。

「それでも続けたのか」

「続けたっていうか、私の場合はやめる選択肢がなかったんです」

　意味がわからない。

すると鳴海は小さく笑った。

「私の場合は、やめなさいとは言われなかった。高いレッスン料を払っているんだから一生懸命やりなさいって叱られただけでした。だから、やめさせてもらえるって、実はすごく幸せなことかもしれません」

現場家屋が近づいてきた。

遠目には火災の痕跡はうかがえない。

音喜多たちは見張りの制服警官に警察手帳を提示し、靴カバーを装着すると、黄色い規制テープをくぐって現場家屋の敷地に入った。

敷地内にガレージがあり、それほど広くはないが庭があり、二階建ての木造家屋が建っている。東京の基準では豪邸といって差し支えない。

引き戸を開いて家屋内に入ってみても、印象は同じだった。被害者一家は裕福な生活を営んでいたようだ。

殺害現場となったリビングは、玄関から廊下を進んだ左手の扉の向こうだった。二十畳ぐらいあるだろうか。広い部屋の半分ほどが黒く焼《や》け焦《こ》げている。ゴムが焼けたような嫌な臭いが漂っていて、部屋の中では、鑑識課の腕章をつけた紺色の作業着の男が二人、まだ作業していた。

「邪魔するわけにはいかないな」

返事がない。

はっとして振り返ると、鳴海はほかの部屋の扉を開け、中を覗《のぞ》き込《こ》んでいた。

「なにやってんだ」

質問を無視していくつかの部屋の中を確認した後で、ようやく答えが返ってくる。

「楽器を探しています」

「楽器？」

「あった」

鳴海が入っていったのは、玄関からもっとも奥まったところにある部屋だった。

音喜多も後を追って入室する。

そこは書斎のようだった。

デスクがあり、本棚には音楽関連の書籍やビジネス書が詰め込まれている。本棚の横にある木製のラックに、三つのヴァイオリンが横向きに立てかけられていた。

「楽器がどうした」

鳴海は質問には答えず、ラックの前にしゃがみ込んでヴァイオリンを見つめる。

「おい。鳴海」

「弓はどこかな」

「弓？」

「あった」

ラックに差してあった細長い棒状のものが、目当てのものだろう。鳴海は迷いのない動きで弓をとり、ヴァイオリンも一挺手にした。

「おい、まさかおまえ」

音喜多が言い終える前に、のびやかなロングトーンが響き渡った。

「なにしてるんだ、やめろ」

おとなしく従ったと思ったが、違った。

鳴海は別の一挺を手にし、同じようにロングトーンを鳴らす。

「なにやってんだ」

背後からの声に振り返ると、作業中の鑑識課員たちが集まっていた。かなり怒っている。

そりゃそうだろう。殺人現場でヴァイオリンの演奏会なんて前代未聞だ。

しかし鳴海はおかまいなしだ。

最後の一挺を手にし、弓を動かして長い音をのばした。

しばらく目を閉じて音の余韻に浸っているかのようだったが、ふいに目を開いて言った。

「やっぱり」

「やっぱり？」

音喜多と鑑識課員たちの声が重なる。

鳴海は男たちの顔を見回した。

「このスタンドには、四挺のヴァイオリンが収納できるようになっています」

あらためて観察してみると、たしかにそのようだった。ヴァイオリン二挺のほかに、ヴァイオリンのネックを立てかけるくぼみが二つ。一挺はいま鳴海が手にしているから、もう一挺収納できる。

「それがどうした」

「被害者がコンサートで使用しているヴァイオリンが、ここにはありません」

言葉の意味を理解するまで、少し時間がかかった。

「ヴァイオリンが？」

「事前に関東フィルのコンサート映像を確認してきました。被害者の久米充はコンサートマスターの立場にあり、ソロをとる機会も多かったため、被害者が所有するヴァイオリン単体の音も聞き取ることができました。ここには、被害者がメインで使用しているヴァイオリンがありません。そしてここにある三挺とも、比較的安価な練習用のヴァイオリンだと思います。証拠品の中にヴァイオリンは？」

鳴海に訊ねられた鑑識課員は、はっと我に返ったようだった。

「なにバカなことを言ってやがる。音を聴いただけでそんなことがわかるわけ――」

「それがわかるんです」

遮《さえぎ》って言ったのは、音喜多だった。

鑑識課員が狐《きつね》につままれたような顔で、二人の刑事の顔を見比べる。

「押収した証拠品の中に、ヴァイオリンはあるんですか」

ふたたび鳴海が訊いた。

「いや……」

今度は素直にかぶりを振るしぐさが返ってくる。

音喜多は鳴海を見た。

「ヴァイオリンが盗まれた……?」

「断言はできません。もしかしたらこの家の別の場所に保管されているのかもしれないし、家ではなく、どこかほかの場所に保管されている可能性もあります。ただ、証拠品の中にも、この書斎のヴァイオリンスタンドにも、被害者がいつも使用していたメインのヴァイオリンがない。それだけです」

「プロのクラシック奏者が使っている楽器の中には、かなり高価なものもあると聞くが」

鳴海が頷いた。

「被害者が使用していたものも、それなりの値段だったと思います。少なくとも、ここにある練習用のヴァイオリンとは、比べものにならない」

「いくらぐらいだ」

音喜多はこぶしを口もとにあてた。

「私はヴァイオリンの目利きではないので、正確な金額まではわかりません」

「想像でかまわない。いくらぐらいになると思う」

「あくまで想像ですよ」

音喜多が頷くと、鳴海は言った。

「おそらく、イタリアのクレモナ製だと思います。クレモナは多くの工房を抱え、ガルネリやストラディバリなど、有名な製作者を多数輩出したヴァイオリンの町です。たくさんの工房が存在するため価格にはかなり幅がありますが、有名な製作者の新作だと、数百万のものも……」

「数百万……？」

鑑識課員が目を丸くする。

「それだけ価値のあるものが手に入るなら、被害者の財布に手をつける必要はないな」

捜査本部は物盗りの可能性は低いとみていた。だが犯人がヴァイオリンを持ち去っていたとなれば、事情は大きく変わってくる。

久々に再会することになり、どうして上司は鳴海の音楽隊配属の希望を叶えてやらないんだと内心で憤ったが、自分が鳴海の上司だったとしても、同じように鳴海を手放せないかもしれない。彼女は現場家屋に入ってものの十分足らずで、新事実を発見してみせた。

音楽家としてどうかは知らないが、捜査にかんしてなら音喜多にもわかる。

刑事はこいつの天職だ。

本人が望む望まないにかかわらず。

粟立《あわだ》つ腕をさすりながら、音喜多はそう思った。

4

現場の視察を終えた二人は、電車で池袋に出た。

被害者の妻である悦子と息子の太陽に話を聞くためだ。二人は警察が手配した池袋のホテルに滞在しているという。

池袋駅西口から少し歩いた場所にある、ビジネスホテルだった。部屋番号はすでに聞いているので、警察手帳を提示してフロントを通過し、エレベーターに乗り込んだ。

階数ボタンを押し、箱が上昇を始める。

「クラシックの演奏家っていうのは、そんなに儲《もう》かるものなのか」

被害者宅を訪問して以来、疑問に思っていた。自宅も広く、調度品や家具からも裕福な暮らしぶりがうかがえたし、被害者宅から消えたとされるヴァイオリンも、かなり高価なもののようだ。

　鳴海が階数表示のランプを見上げる。

「どうでしょう。プロオケにもヒエラルキーがあって、最高クラスだと年収一千万円ぐらいになるけど、安いところだと年収三百万程度らしいです」

「同じオーケストラで、そんなに違うものなのか」

「あくまで聞いた話ですけどね。私はプロオケを目指したことはないし、大学の同期とか先輩から聞いただけです。その年収三百万のところは日本一忙しいプロオケって言われていて、年収は低いのに、年間の公演数はほかのプロオケに比べてダントツに多いんです。いわゆるブラック企業みたいなものですね」

「オーケストラにもブラックなんて概念があるのか」

　芸術家集団ということで、なんとなく浮世離れした印象を持っていたが、一般の民間企業と同じじゃないか。

「クラシック音楽家なんて子どものころから音楽漬け練習漬けの毎日を強いられるから、人生自体ブラックみたいなものですけど」

　鳴海でも自虐《じぎゃく》することがあるんだな、と思う。

「被害者の所属していたオーケストラは、ヒエラルキー的にみてどうなんだ」

「関東フィルは中堅クラスです。クラシック好きなら知らない人はいないし、常任指揮者のグスタフ・バルツァーレクも有名な人です」

すらすらと情報が出てくるところは、やはり音楽畑の人間だ。

「中堅だと、あのレベルの暮らしは可能だと思うか」

「思いません」即答だった。「たんに夫婦どちらかの実家が太いだけだと思います。なんだかんだ言って子どもを音大まで通わせるには、それなりの経済力が必要になりますから」

目的階に到着し、扉が開く。

廊下を進んで突き当たりの部屋の前に、制服警官が立っていた。

制服警官に警察手帳を提示し、入室する。

まず目に入ったのは、二人のスーツの男の背中だった。その隙間から、ベッドに腰掛けた中年の女が見える。ほかの捜査員による事情聴取が行われていたようだ。

二人のうちの一人がこちらを振り返り、もうすぐ終わるという感じに頷く。

ほどなく二人の捜査員は部屋を出て行き、中年の女だけが部屋に残された。

ツインルームの二台並んだうち手前のベッドに、長い髪をやや乱した女の、疲れたシルエットが浮かび上がっている。

「久米悦子さん、少しお話をうかがいたいのですが」

歩み寄る音喜多に、女はゆっくりと視線を向けた。そのまま視線を鳴海のほうに動かし、意外そうに目を見開いた。女性の捜査員が珍しかったのかもしれない。だが感情の動きはそれきりだった。

目の前の捜査員など存在しないかのように、ぼんやりと視線が定まらない。

「久米さん。よろしいですか」

「ええ。どうぞ」

起伏に乏しい声音だが、聞こえていないわけではないようだ。

「このたびはご愁傷《しゅうしょう》さまです。こんなときに話をうかがうのは大変心苦しいのですが、一刻も早い犯人逮捕のため、ご協力をお願いします」

「わかっています。必ず犯人を捕まえてください」

音喜多は事情聴取を開始した。

話し始めてみると、久米悦子は最初の印象よりもしっかりした話しぶりだった。夫の無念を晴らすためにも必ず犯人を捕まえたいという思いが、ギリギリのところで彼女の精神を支えているのかもしれない。

事件当日、悦子はいつもと変わらない朝を過ごしていた。朝六時に起床し、朝食の支度をして夫と息子を起こす。家族で食卓を囲んだ後、一番早く家を出るのは息子の太陽だ。その後悦子が家を出て、出勤時刻まで余裕のある夫は最後まで家に残る。

演奏会の予定がない日の夫は、午前十時から午後三時まで、目白《めじろ》の練習スタジオでオーケストラのリハーサルに参加する。昨日もそのスケジュールで動いていたはずだという。

目白までは電車で三十分、駅までの徒歩移動の時間を加味しても一時間かからないので、真っ直ぐに帰宅すれば午後四時には自宅に着く計算になる。午後四時五十二分には隣家の住人が消防に通報しているので、事件は午後四時少し前から、午後四時五十二分の間に起きたことになる。

念のために悦子のアリバイを訊ねると、会社で仕事をしていたという答えが返ってきた。品川のオフィスにいたので、同僚に確認してもらってかまわないという。

妻の把握する限りで人間関係のトラブルもなし。誰かと揉《も》めていたという事実もなく、自宅の近辺で不審人物を見かけたこともない。

「本当に心当たりがないんです」

そう言ってかぶりを振った悦子が、音喜多の背後に目を向ける。

少年が部屋に入ってきたところだった。背が低く、手足の細い、さらさらの髪をした少年が、ペットボトルやジュースの缶を胸に抱えている。彼が被害者の息子の太陽だろう。

「こんにちは」

太陽は音喜多と鳴海に行儀良く頭を下げ、母親に近づく。

「買ってきたよ。お茶でいい？」

「ありがとう」

太陽はキャップをひねり、開栓してからペットボトルを母親に手渡した。

それから缶コーヒーを、刑事たちに差し出してくる。

「いいのかい？」

「ついでなんで。どうぞ」

音喜多は缶コーヒーを受け取った。

ところが鳴海が「どっちかと言えばお茶の気分なんだけど」と難癖《なんくせ》をつける。

「おまえな――」

「いいですよ、どうぞ」

太陽は反対の手に持っていたペットボトルを、鳴海に渡した。

「ありがとう」

この女には遠慮という概念がないのか。

「本当は自分で飲むつもりだったんじゃないのかい」

音喜多は少年に確認した。

「はい。でも大丈夫です。飲みたくなったらまた買ってきます」

手遅れのようだ。鳴海はペットボトルに口をつけ、グビグビと喉を鳴らしている。

あきれながら少年に視線を戻した。

「久米太陽くん、だよね」

「はい。久米充の息子の太陽です。はじめまして」

太陽は深々とお辞儀をした。隣の女性刑事に見習わせたい行儀のよさだ。

「太陽くんも、音楽やってるの」

鳴海の質問に、太陽はかぶりを振った。

「いいえ。小さいころはやっていたけど、いまは……」

「やめちゃった？」

「はい」

「どうして？」

この質問に意味があるのだろうかと内心で首をひねりつつも、口を挟みたい衝動をぐっと堪《こら》える。鳴海の能力を最大限に発揮させるのに重要なのは、彼女の邪魔をしないことだ。

「飽きちゃったのよね」

そう口にしたのは、息子本人ではなく母親だった。

「そうです」と太陽も認める。

「ヴァイオリンの練習より、身体を動かすほうが楽しかったんです。それが伝わったのか、父も強制するようなことはしませんでした。やりたくないのにやっても意味がないから、好きなことをやるべきだって言ってくれて」

「それでサッカー教室に入ったんです」

悦子が言い、音喜多がなるほど、と頷く。

「だから日に焼けてるんだね」

「はい。小学校からずっとサッカーをやっています」

太陽は小麦色の肌をしていた。

「やさしいお父さんだったんだね」

鳴海はなぜか感心した様子だ。

「珍しいみたいですね」

そう言ったのは、悦子だった。

「珍しい？」

子どもにやりたいことをやらせるのが？

当然な気もするが。

だがそうでもないらしい。鳴海が言う。

「クラシック奏者の場合、すごく小さいころから厳しい訓練を積んでいる人がほとんどです。例外はもちろんありますけど、始めるのは早ければ早いほどいいとされています。物心ついたときには、すでにレッスンが日常になっていた、という演奏家も少なくありません。それだけ幼い子どもが自分の意思で毎日レッスンに取り組み続けるなんて、普通に考えて不可能なんです。少なからず、親の強制力が働きます」

考えてみればその通りだ。いくら好きなことでも、毎日何時間も取り組み続けるのは容易ではない。気乗りしない日も、嫌になることもあるだろう。太陽のように、目いっぱい身体を動かして遊びたいと思うこともあるに違いない。だがクラシック演奏家を養成しようとすれば、それは許されない。

久米はおそらく、自身もレッスンを強制されてプロの演奏家になった。なのに、息子に押しつけることはしなかった。

「太陽くんにとって、お父さんはどんな人だった？」

鳴海が訊いた。

「すごい人です。ずっと音楽に向き合って、音楽のことばかり考えて、いろんな人から尊敬されていて」

「お父さんみたいになりたいとは？」

「憧れるけど、なれるとは思いません。僕には才能がないんです」

その後も話を聞いたが、妻子から伝わってくるのは、よき夫、よき父であり、尊敬される演奏家であった久米充にたいしての深い愛情と敬意だった。

久米充はオーケストラでコンサートマスターをつとめるだけでなく、同僚に声をかけて弦楽四重奏楽団を結成し、『親子ＤＥクラシックコンサート』なる演奏会を不定期に開催していた。子連れ大歓迎、客席で子どもが騒いだり泣いたりしてもかまわないから、普段着で気軽にクラシックに触れてほしいという趣旨のイベントだったようだ。久米充はクラシック界を盛り上げるために、未来のクラシックファンを育てなければならないと、常日ごろから発言していたらしい。しかもそのコンサートで得た収益は、ほぼ全額を慈善団体に寄付していたという。そのほか後進の指導にも熱心で、有望な少年少女に自宅でレッスンを行ったりしていたようだ。事件当日も、五時に生徒が訪ねてくる予定だった。

ヴァイオリンにかんしては、被害者が何挺所有しているのか、書斎以外にも保管場所があるのかなど、妻子はいっさい把握していなかった。妻は楽器を演奏しないし、息子も幼いころに少しかじった程度だ。二人とも楽器に詳しくない上に、被害者の書斎への立ち入りを禁じられていた。

久米母子への事情聴取は一時間ほどで終わった。

「鳴海」

ホテルのエントランスをくぐって外に出るや、音喜多は言った。

少し先を歩いていた鳴海が振り返る。

「どんなときでも正直が美徳になるわけじゃないぞ」

「どういう意味ですか」

「飲み物だよ。あの子がせっかく気を利かせて買ってきてくれたのに、難癖つけてどうする。相手は被害者遺族で、しかも十三歳の少年――」

「あの！」

背後から声がして振り返ると、まさしく話題の渦中《かちゅう》にいる人物が立っていた。息を切らしているので、走って追いかけてきたようだ。

「太陽くん。どうしたんだい」

太陽はしばらく両膝に手を置いて呼吸を整え、顔を上げた。

「さっきは言えなかったけど、変な電話がかかってきたことがあるんです」

「変な電話？」

音喜多は訊き返した。

「無言電話です。二か月くらい前、家の固定電話に公衆電話から。どちらさまですかって訊ねても、返事はありませんでした。ただ、呼吸する音はかすかに聞こえていたので、回線の不良とかではないと思います」

「どうして黙ってたんだい」

詰問口調にならないように気をつけた。

太陽が思い詰めたように一点を見つめた後で、口を開く。

「電話を受けたとき、家には父もいたので、父に報告しました。そのとき父は言ったんです。余計な心配をさせたくないから、このことはお母さんには黙っておいてくれないか……って」

そういうことか。

「太陽くんが無言電話を受けたのは、一度だけかな」

「僕が受けたのは一度きりですけど、たぶん、その前後にもかかってきていたと思います。無言電話のことを聞いたとき、父は相手が誰かわかっているようでした。ほかにも、家の電話が鳴ると、父が慌てて応対することがありました。母は会社勤めで家にいないことが多いので、家の電話を受けるのはほとんどが父か僕なんです」

「ほかにお父さんから聞いたことは？」

「ありません。何度か訊ねようとしたけど、話したくなさそうな感じだったので切り出しにくくて……最近は電話がかかってきている様子もなかったので、忘れていました」

「そうか。ありがとう」

「刑事さん。父は浮気していたんでしょうか」

　やはりそう来たか。

　母と一緒の事情聴取で太陽が無言電話について触れなかったのは、父の浮気を疑ったからだろう。久米悦子からは、やや精神的に脆《もろ》い印象を受けた。死んだ夫が不貞を働いていたかもしれないなんて、聞かせたくなかったのだろう。

「いまの段階ではわからない。でも調べてみるよ。ありがとう」

「もしもなにかわかったら、教えてくれませんか」

「それは――」

「教える」鳴海に遮られた。

「おい。勝手なこと――」

「教えるから、連絡先交換してくれない？　スマホ持ってる？」

「持ってます」

「ＬＩＮＥ交換しよ」

二人でさっさと連絡先を交換している。

「なにかわかったら連絡する」

「ありがとうございます。よろしくお願いします」

太陽は深々と頭を下げ、ホテルに戻っていった。

「知らないぞ。死んだ親父《おやじ》が浮気してたなんてことになったら――」

「ヴァイオリン、やってるんです」

「は？」

「あの子、いまでもヴァイオリンやってます。右手人差し指にタコがありました。あと左手の指先も皮が剝《む》けて、皮膚が固くなっていたようです。ヴァイオリニストの特徴なんです。小さいころにやっていただけでなく、太陽くんはおそらく、いま現在もヴァイオリンを練習しています」

あっ、と思う。

あのとき太陽は、片手に缶コーヒー、もう片方の手にお茶のペットボトルを持っていた。缶コーヒーでなくお茶がいいと難癖をつけることで、両方の手を確認したのか。

「いまもヴァイオリンを弾いてるのを、どうして隠す」

隠したい相手は母親か、それとも警察か。

「わかりません。でもそのうち話してくれるかもしれません」

鳴海はこちらにスマートフォンの液晶画面を向け、得意げに口角を持ち上げた。

5

関東フィルの事務局は、西新宿の高層ビル群の中にあった。

三十階建てのオフィスビルの十七階だ。

音喜多と鳴海はエレベーターで十七階にのぼり、『関東フィルハーモニー管弦楽団事務局』と表示されたガラス扉を開いた。

受付で来意を告げると、最奥の『楽団長室』へと案内される。

『楽団長室』で二人を出迎えたのは、ロマンスグレーの髪をオールバックにした、スマートな印象の男だった。彼が楽団長の赤坂《あかさか》惣一郎《そういちろう》らしい。

互いの自己紹介の後で、応接スペースのソファに向き合って座る。

「まさか久米くんが……正直、いまでもまだ実感がありません」

赤坂が眉間に深い皺を刻みながら、神妙な声を出した。

「赤坂さんは、久米さんとの交流は？」

「もちろんあります。いまでこそステージに立つことはありませんが、私ももともとは奏者として入団しました。時間を見つけてはリハーサルに顔を出すようにしていますし、コンサートマスターの人選にもかかわります。もちろん、団員たちの意見が最優先ですが、だからといって上の人間が任せきりにするわけにはいきません。コンマスはオーケストラの音色を決定する重要な存在――いわばオケの顔です。演奏者としての力量はもちろん、性格や人望などを見て総合的に判断する必要があります。人選に失敗したからといって、すぐに首をすげ替えるわけにもいきませんから」

赤坂が小さく笑い、肩を揺する。

「不勉強で申し訳ないのですが、コンサートマスターというのは？」

その質問に答えたのは、隣に座った鳴海だった。

「演奏をまとめ上げる、オーケストラのリーダーです。通常は第一ヴァイオリンの首席奏者がつとめます。指揮者にもっとも近い場所に座るヴァイオリニストです」

「演奏をまとめるのは、指揮者の仕事じゃないのか」

今度は赤坂が口を開いた。

「指揮だけでは細かいニュアンスが伝えきれない場合もあります。コンサートマスターは指揮者の意図を汲《く》み、音の長さや強さ、演奏法の微妙《びみょう》なニュアンスなどを把握し、オーケストラ全体に指示を出します。弦楽器セクションのボウイング——弓の動きを決めるのも、コンサートマスターの仕事です。いわば演奏者側にいる、第二の指揮者です」

「極端な話、指揮者がいなくても演奏は成り立つけど、コンマスがいなければアンサンブルは崩れます」

　鳴海の意見に、赤坂が苦笑する。

「立場上、指揮者を軽視する発言はできませんが、そうおっしゃる方もいらっしゃいます。コンマスと良好な関係を築けないと、まず良い指揮はできない。それほど重要なポジションだとご理解いただければ」

「つまり久米さんはヴァイオリニストとしてすぐれた技術を持ち、ほかの楽団員からの信望も厚かった？」

「ええ。その点に疑いの余地はありません。前任者の定年に伴い、彼がコンマスになったのは十年ほど前のことですが、最初から楽団員たちの間では、次は久米くんだろうという空気ができあがっていました。理事会でも反論は出なかったし、もちろん私も、久米くんのコンマス就任を強く推《お》しました。いまでもその判断は間違っていなかったと思っています。彼は素晴らしい」

音喜多は気まずそうにこめかみをかいた。

「そういう話を聞いてしまうと非常にうかがいにくいのですが、久米さんが誰かと揉めていたとか、恨まれていたなどという心当たりは……」

「ありません」

断言された。

「久米さんのお宅に、無言電話がかかってきたことがあったようです。なにか話を聞いたり、相談を受けたりといったことは」

いいえ、とかぶりを振って、赤坂は言う。

「彼のことをすべて知っているわけではありませんが、私の知る限り、彼は人から恨まれるような人間ではありません。強いて彼の欠点を挙げるとすれば、ブルックナーが好きなことぐらいでしょうか。コンサートの演目に、やたらとブルックナーを入れたがるんです」

赤坂は笑っているので冗談のつもりだろうが、音喜多には意味がわからない。

「アントン・ブルックナー。オーストリアの有名な作曲家ですが、難解な曲が多いんです。わかりやすいメロディーがなく、楽想がつかみづらいためか、女性よりも男性ファンが多く、ブルックナーの曲が演奏される公演では、男性トイレに長蛇の列が出来ると言われています」

鳴海の説明に、赤坂が鷹揚に頷く。

「そう。通称ブルックナー・トイレという言葉もあるぐらいでしてね。まあ、男性ファンが多いといっても、女性ファンがいなくても大丈夫というほどではありませんので、興行的に難しいんです」

ようやく理解した。ようするに客を呼べない作曲家の曲を演奏したがるので困る、というジョークらしい。

「鳴海さんはクラシックにお詳しいんですね。ブルックナーはお好きですか」

「いいえ。どちらかといえば、私も苦手です」

「ですよね。私も正直、苦手です。すぐれた演奏家というのは、凡人とは異なる地平を見ているのかもしれないと、思うこともありますよ」

それはともかく、と話を戻す。

「久米さんが誰かの恨みを買うとは思えません。あるとすれば、頭のおかしな人間から、理不尽な理由で逆恨みされるぐらいでしょう。そんな変な電話があったのなら、私にも相談してくれればよかったのに。責任感の強い男だったので、一人で抱え込んでしまったのかもしれません」

「オーケストラ内に、久米さんのことをよく思っていない人間などは？」

「八十名の団員、全員の内心はわかりませんが、私の知る限り思い当たりません」

「団員の誰かと揉めた、などという話は？」

「ないですね。彼を嫌いな人間など、存在するのかとすら思っています」

本当だろうか。いくらすぐれた人格者であっても、万人に好かれるなど不可能だろうに。

疑念が顔に表れたらしく、赤坂が言う。

「カルテットの話はご存じですか」

「子どもが騒いでも大丈夫なコンサートですか」

「そうです。彼は自分のことではなく、いつだってクラシック界全体のことを考えていました。そういう男なんです」

「では楽団内でとくに親しい存在といえば、そのカルテットのメンバーということになるのでしょうか」

「そうですね。楽団員を招いてホームパーティーをしたりすることもあったようなので、ほかにも親しくしていた団員はいたでしょうが、一緒に過ごす時間が長いという意味では、そういうことになるでしょう」

「ぜひお話をうかがいたいのですが、取り次いでいただくことは可能でしょうか」

「かまいません。今日のリハーサルは休みにしたので、いまは自宅待機しているでしょう」

赤坂が席を立ち、自分のデスクで名簿を広げて電話をかけ始めた。

6

音喜多と鳴海は東京駅に向かった。

それぞれの自宅にこちらから出向くつもりだったのだが、気を利かせた赤坂がカルテットのメンバー三人を一か所に集めてくれた。三人の住まいのちょうど中間地点が、東京駅らしい。

人の多いエリアなので、駅構内にある飲食店やカフェだと話しにくい。駅に近いホテルのラウンジで待ち合わせることになった。

ホテルに到着してみると、ラウンジもそれなりに賑《にぎ》わっていた。だが人数のわりに静かだし、席同士がゆとりを持って配置されているので大丈夫だろう。

三人の顔は、赤坂から提供された資料で頭に入っていた。楽団員については、ホームページにも全員の顔写真が掲載されている。

ラウンジの出入り口に立ち、座席を見回す。奥の席に写真で見た顔を発見した。あれはヴィオラの青木美玲だ。写真ではドレスアップして髪を綺麗《きれい》に巻いているが、いまは黒髪を後ろでひっつめただけで、メイクもほとんどしていない。

ということは、青木と向き合って座っている後ろ姿が、ヴァイオリンの森田杏か。ほかのメンバーに比べて一人だけかなり若く見えたが、いまのショートボブにパーカーというラフな服装だと、まるで大学生だ。

残るチェロの岩見英樹だけが、まだ到着していない。

と思ったら、背後からやってきた大柄なひげ面の男が、音喜多たちの横を通過し、青木と森田のいる席に向かって歩いていく。写真で見たインパクト抜群の風貌と、まさしく一致した。

これで全員が揃った。

音喜多と鳴海は岩見の後を追った。

席に近づくと、最初に刑事たちに気づいたのは青木だった。あっ、という顔で音喜多を見て、ほかのメンバーに目配せする。

椅子に座りかけていた岩見が背筋をのばし、こちらに背を向けていた森田は、身体をひねりながら立ち上がった。

「どうぞ皆さん、座ってください」

音喜多は三人に手の平を向け、懐《ふところ》から警察手帳を取り出した。

刑事たちが順に自己紹介すると、森田が怪訝《けげん》そうに眉根《まゆね》を寄せた。

「鳴海、桜子さん……？」

もしかして、と音喜多は思う。音大までの鳴海は、クラシックの世界ではそれなりに名の通った存在だったらしい。

「彼女は音大卒なんです。声楽科だっけ？」

「そうです」

すると森田は自分の口を手で覆った。

「学生音コンに出てましたよね。たしか入賞者演奏会で『歌に生き恋に生き』を歌ってた、高校生のお姉さん」

「よくご存じですね」

「私も出てたんです、あの演奏会。小学生の部で入賞して」

かつての共演者同士の再会というわけか。

「そうなんですか」

「ええ。私はあのとき、ドヴォルザークのヴァイオリン協奏曲を弾きました」

一瞬沈黙した鳴海が驚嘆の声を上げる。

「嘘《うそ》！　まさか！　あのときの？」

「そう。あのときの小学生です。舞台袖でガチガチになってたら、大丈夫大丈夫って背中を撫《な》でてくれましたよね」

「そうだっけ」

「そうです。あれでいっきに緊張がほぐれてリラックスして演奏に臨めたから、すごく印象に残ってるんです。それなのにきちんとお礼も言えなくて……あのときは本当にありがとうございました」

「そんな、頭を上げて。私、そのこと覚えてないし」

鳴海はそう言うが、俄然《がぜん》話を引き出しやすい状況になった。

音喜多は内心でほくそ笑みながら、あらためて被害者の同僚たちに着席を勧める。

六人掛けのテーブルの片方に三人並んでもらい、音喜多と鳴海は対面に座った。

「すごい偶然だな。世間は狭い」

岩見が感心した様子で顎をかく。

「世間というより、クラシックの世界が狭いんじゃないの」

青木は皮肉《ひにく》っぽく片頬を持ち上げ、自分の腕を抱え込んだ。

「鳴海さんは警察官になられたんですね。もう音楽はやめたんですか」

森田は憧れの存在を見るように、キラキラと目を輝かせている。プロの音楽家にこんな表情をさせる鳴海は、やはりすごいのだろう。

鳴海が答えるより先に、岩見が手をひらひらさせた。

「音楽でメシ食おうなんて考えるものじゃない。警察官になったのは賢明な選択です」

「私、音楽隊で採用されたんですけど」

岩見の手の動きが止まる。

「そうだったんですね」と身を乗り出したのは、森田だ。

「コンサートの予定がわかったら教えてください。ぜったい聴きに行きます」

「杏ちゃんがそんなに言うのなら、私も聴いてみたい」

「いいですよ。美玲さんも一緒に行きましょう」

コンサートどころか、音楽隊に異動する予定すらないのだが。

思ったが、水を差すのはやめておく。鳴海の話に嘘は一つもない。むしろ現状は、警察組織が鳴海を騙《だま》したかたちだ。

「そろそろ本題に移っても？」

音喜多が言い、思い出したように湿っぽい空気になった。

「久米は本当に殺されたんですか」

岩見の問いかけに、音喜多は頷いた。

「その可能性がきわめて高いと、私どもは考えています」

「もしかしたらただの失火かとも思ったんだが……あいつが火の不始末を起こすとも考えにくいか」

自らを納得させようとするかのような、岩見の口調だった。

「誰かの恨みを買うことのほうが、もっと考えにくくない？」

そう言ったのは、青木だ。

「殺された動機が、恨みだとは限らないんじゃないですか」

森田が先輩たちの顔色をうかがうような上目遣いになる。

「たしかにそうだ。あいつが誰かに恨まれるようなことをするわけがない」

三人が頷き合う。

「久米さんはよほど人望が厚かったようですね」

音喜多は全員の顔を見回した。

「まあ、コンマスですから」

青木は当然のような口ぶりだ。

「皆さんはプライベートでも久米さんと親しくされていたのですか」

岩見と青木は大きく頷いたが、森田が肩を狭めた。

「私は入ったばかりなので」

「入ったばかりとは、カルテットにですか」

「いいえ。オケ自体にです。三か月前に入団したばかりで、カルテットでの活動歴も同じです」

「つまり、カルテットにもメンバー交代があった、ということになりますね」

鳴海が訊いた。

「はい。森田の前には、桜田《さくらだ》真央《まお》という女性がカルテットの第二ヴァイオリンを担当していました」

　岩見が答える。

「メンバー交代の理由をうかがっても？」

　音喜多は人間関係の軋轢《あつれき》を想像したのだが、まったく違った。

「桜田さんが脱退したのは、認知症のお母さまの介護のためです。オーケストラで働いていると、演奏旅行で地方に出向いたりする機会も多いので、もう続けていけないかもしれないという話は、以前から聞いていました。関東フィルを退団すると同時に、カルテットも脱退することになりました。いまはたしか、新座《にいざ》の実家でお母さまと暮らしているはずです。桜田さん、元気にしているかしら」

　青木が言い、岩見が腕組みをして顔をしかめる。

「おれたちも、もうそんなことを考える年齢に差し掛かったってことだよな」

「本当ね。うちの父もついこの間、なにもないところで転倒して、脚の骨を折ったし」

　青木が肩をすくめる。

「森田さんは、桜田さんと入れ替わりでオーケストラに入られた？」

　音喜多の質問に、森田杏は頷いた。

「そうです。三か月前に入団しました。桜田さんの後任なので、カルテットにも同時にお誘いいただいて加入しました」

「新卒で？」

なにげなく発した音喜多の言葉に、なぜか青木美玲と岩見英樹が笑う。

「オーケストラは普通の会社のように毎年決まった人数を採用するわけじゃありません。楽団員が抜けて、足りなくなったパートを都度《つど》、募集します」

岩見に言われて、それもそうだと思う。

「だとしたらすぐれた技術を持った演奏者でも、就職の口が見つからないということも？」

「もちろんあります。というか、基本的にそうです。プロオケに入りたくても欠員が出ずにオーディションすら受けられないというのは、珍しくありません」

青木が顎に人差し指をあて、森田が口を開く。

「私も音大を出てからずっとカフェでアルバイトをしていました。トラでいろんなオケに参加することはあっても、正団員の募集はなかなかなくて、このままだと先が見えないから、音楽とは関係ない企業でも受けてみようかと悩んでいたときに、関東フィルがヴァイオリンのオーディションをやるって大学の先輩から聞いたんです。本当にラッキーだったと思います」

「たびたび話の腰を折るようで申し訳ないのですが、トラというのは？」

軽く手を上げた音喜多の疑問に答えたのは、鳴海だった。

「正規の団員ではない、エキストラの略称です。正団員だけでは人数が足りないときとか、特殊な楽器が必要なとき、病気や怪我《けが》などの事情で正団員が参加できないときなどに、外部からプレーヤーを招くことがあるんです」

「エキストラのお仕事は、大学の先輩から紹介してもらったり、以前にエキストラで参加したオケから依頼をいただいたりします」

森田が言い添えた。

つまりエキストラというのは、日雇いアルバイトのようなものか。

クラシック音楽家として生計を立てるのは、思っていた以上に大変なようだ。

音喜多はふと思い出して、話題を変えた。

「そういえば、久米さんのヴァイオリンが見当たらないのですが」

「ヴァイオリンが？」

岩見が興味深そうに身を乗り出す。

「自宅にあったのは、練習用のだったんだよな？」

音喜多は鳴海を見る。

「そうです。久米さんのお宅には三挺のヴァイオリンがありましたが、その中には、いつも本番で使用していたメインのヴァイオリンはありませんでした」

「久米さんが自宅以外の場所でヴァイオリンを保管している、という話を聞いたことは？

たとえばトランクルームのような」

　困惑の空気の中、最初に口を開いたのは青木だった。

「聞いたことないけど、自宅以外に保管しているということは、ないと思います。いつも使用しているメインのヴァイオリンであれば、とくに。久米くんは几帳面な性格だったから、楽器のメンテナンスもマメにやってたし」

「たしかに」と岩見が同意する。

「演奏家の中にはコレクター気質の人もいて、集めた楽器を保管するためにトランクルームやらマンションやら借りている人もいるけど、久米は違いました。どちらかと言えば一挺のヴァイオリンを、メンテナンスしながら長く使い込むタイプです。愛器は手もとに置いて大事にするはずです」

「リペアマンに預けていたとか？」

　森田の意見に、ほかの二人がなるほどという顔をする。

「杏ちゃんの言うように、楽器になにかしらの不具合が出て、修理や調整のために工房に預けているという可能性なら、あるかもしれません」

　青木が刑事たちを見ながら言った。

「久米さんが贔屓《ひいき》にしている工房など、ご存じありませんか」

　鳴海の質問に、岩見が「それなら知っています」と即答する。

「明大前《めいだいまえ》にある世田谷《せたがや》工房です。非常に腕の良いリペアマンがいるので、あそこ以外には自分のヴァイオリンを預けたくないと話しているのを、聞いたことがあります」

「そこ、私も久米さんからおすすめされたことがあります」

　森田が声を高くした。

「もしよければ、いまから電話して訊ねてみましょうか」

　岩見の提案は渡りに船だ。

「ぜひよろしくお願いします」

　早速スマートフォンを取り出し、電話をかけ始める。すぐにつながったらしく、岩見が話し始めた。漏れ聞こえる音声と岩見の話しぶりで、途中から空振りの雰囲気が伝わってくる。

　数分後、通話を終えた岩見が、予想通りの結果を告げた。

「久米のヴァイオリンは預かってないそうです」

「だとすると、犯人がヴァイオリンを盗んだってこと？」

　青木が視線に疑念を覗かせる。

「そういうことなら納得だな。犯人は久米に恨みを抱いていたわけじゃなく、久米の所有するヴァイオリンを盗むのが目的だった。金目目的の強盗だったんだ」

　そうであってほしいという感じの、岩見の口ぶりだった。

「久米さんの所有するヴァイオリンというのは、どれほどの価値があるものだったのでしょうか」

音喜多は訊いた。

「あれ、たしかクレモナ製だったよな」

岩見が言い、青木が頷く。

「そう。モラッシー」

「モラッシーですか」

鳴海が目を丸くした。

「シメオネだっけ、ジオ・バッタだっけ」

青木の疑問に答えたのは、森田だ。

「シメオネだとおっしゃっていました」

音喜多には意味不明の問答が繰り広げられた後で、鳴海がこちらを向いた。

「低く見積もっても、三百万円以上の価値はあると思います」

三人の音楽家たちにも異論はないようだ。

三百万円の価値のあるヴァイオリン。その程度の金のために人を殺すだろうかとも言えるし、それぐらいの金のために人を殺すやつもいる。微妙な金額だ。

「犯人は練習用のヴァイオリンを残して、モラッシーだけを持ち出したんですよね」

青木の中ではすでに既成事実になっているようだ。

「犯人が持ち出したと決まったわけではありませんが」

音喜多は釘《くぎ》を刺したが、楽団員たちには響いていないようだ。

「少なくとも、ヴァイオリンの価値がわかる人間の犯行ってことか」

岩見が顎を触りながら推理する。

「そうなると悲しいことだけど、犯人は音楽家ってこと？」

「なら、まさかオケのメンバー？」

「その可能性もあるけど、オケのメンバーがいきなり自宅を訪ねてきたら不自然じゃない？　久米くんが面倒見てたレッスン生とかは？」

「めったなこと言うもんじゃない。久米が教えてるのは全員小学生だぞ」

「子どもだからって純粋《じゅんすい》無《む》垢《く》というわけじゃない」

「だからって無闇に疑うものじゃない」

先輩団員二人の言い合いに、新人が「あの」と割って入る。

「オーディションで落とされたのを逆恨みして、という可能性はありませんか」

「そう思われる根拠があるのですか」

音喜多は森田を見た。

彼女は唇を歪《ゆが》めてしばらく躊躇《ちゅうちょ》した後で、意を決したように顔を上げた。

「電話がかかってきたことがあるんです」

「電話……？」

刑事たちは互いの顔を見合わせた。電話といって思い出すのは、被害者宅にかかってきた無言電話だ。

「どんな電話ですか」

音喜多は訊いた。

「たぶん、関東フィルのオーディションを受けた方からの電話です。名前はわかりませんが、女性でした。ホームページかなにかで新入団員として私が紹介されたのを見て、なんらかの方法で電話番号を調べたんでしょう」

「その女性はなんと？」

「関東フィルを辞めろという内容でした」

「マジか。脅迫じゃないか」

「どうして話してくれなかったの」

岩見と青木が顔色を変える。

「ごめんなさい。しつこくかかってくるようなら先輩方に相談しようと思ったのですが、結局一度きりだったので」

先輩二人に謝ってから、森田が刑事たちに視線を戻す。

「最初は口調もやわらかかったんです。あなたのためを思って忠告するけど、という感じで、いろいろ悪口を言ってきて……でも、私が辞めるつもりはありませんと答えたら、感情的になって大声でわめき出しました。あんたなんか若くてちょっと見てくれが良いから合格しただけで、演奏家としては三流もいいところなんだからねとか、あんたみたいなのがいたら関東フィルの格が落ちるからさっさと辞めろとか……まともな精神状態ではないようなのですごく怖かったけど、もしかして、オーディションを受験された方ですかと訊ねました。するとその方は言葉を失った様子で黙り込んでいたんですけど、しばらくしてから、死ね、と捨《す》て台詞《ぜりふ》を吐いて電話を切ってしまいました」

「最悪。たしかにそれ、オーディションに落ちたやつの逆恨みっぽいわね」

青木があきれた様子で鼻を鳴らす。

「その電話、一度きりだったんですか」

音喜多は確認した。

「はい。一度きりです。何度もかかってきたら、さすがに一人で抱え込めません」

「悪口というのは、どんな内容でしたか」

鳴海の質問に、森田が言いにくそうにする。

「悪口というか、オーディションの合格は実力で勝ち取るべきだ、というようなお説教というか」

意味がわからない。音喜多は眉間に皺を寄せた。

だが鳴海は察したようだった。

「コネで合格したということですか」

森田が顔を真っ赤にしてうつむく。

「ええ。なんというか、私が久米さんとそういう関係だから合格したと……その方は思われているようでした」

そういう関係とはつまり、愛人関係か。

「ありえない！」

岩見は顔を真っ赤にして怒っているが、青木は口角を下げた表情で態度保留といった感じだ。性別による受け取り方の違いなのか、個人的な関係性の違いなのかは、判断が難しいところだ。

「失礼ですが、実際は……？」

音喜多の質問に、森田はうつむいたままかぶりを振った。

「違います。ぜんぜんそんなことはありません」

「たとえば、久米さんからそのような誘いを受けたことも？」

音喜多の話の途中から、森田はかぶりを振っていた。

「まさか。ありません」

「あいつに限って、そんなことはぜったいにないですよ」

岩見は憤懣《ふんまん》やるかたないという雰囲気だ。

「なにか言いたいことが？」

音喜多は青木に訊ねた。

青木は人差し指をこめかみにあて、考え込んでいるようだった。

「いや。そうであってほしくないとは思うけど、考えてみれば、私はどれだけ久米くんのことを知っていたんだろう……って」

「青木！　おまえなに言ってる！」

岩見がぎょろりと目を剝いた。

「私だって、久米くんがそんなことをしていたとは信じたくない。でも私は、久米くんの全部を知っていたわけじゃない」

「久米はそんなことしない！」

「わかってる！　ただ、久米くんを殺した犯人を捕まえるためにも、いい加減なことは言いたくないだけ」

先輩二人の言い合いに挟まれて、森田は居心地悪そうに小さくなっている。

音喜多は森田に語りかけた。

「参考になるお話、ありがとうございます。ちなみにその電話は、森田さんのスマホにかかってきたんですか」

「そうです」

「そのときの着信履歴は、まだ残っていますか」

「どうかな。ちょっと待ってください」

森田がスマートフォンを取り出し、着信履歴を確認する。

しばらくして「残っていました」とスマートフォンを差し出してきた。

液晶画面には『公衆電話』と発信元が表示されていた。

第二章

1

「健《けん》人《と》くんは、あの日、時間通りに先生の家に行ったの？」

これまで聞いたことのない、鳴海のおだやかな口調だった。

目の前でソファに行儀よく座った少年が、こくりと頷く。

「はい。五時からレッスンの予定だったので、五分前に先生の家に着きました。なにをするときでも五分前に行動しなさいって、お母さんから言われてるから」

隣に座った母親をちらりと見上げ、続ける。

「僕が着いたときには、先生の家のまわりに人が集まっていました。知らないおじさんから、危ないから近づいちゃいけない、火事になってるからって言われて、どうしたらいいかわからなくなりました」

「健人のキッズ携帯から電話がかかってきたんです。レッスンが始まるはずの時間だったから、どうしたのかと思ったら、先生の家が火事になっていると聞いて、急いでタクシーで迎えに行きました」

「健人くんは、先生の家の近くでおかしな人を見なかった？」

「わからない。人がいっぱいだったから」

「なんかおかしいな……って思ったことは？」

ぶんぶんとかぶりを振る。これ以上の情報を引き出すのは難しそうだ。

「レッスンは週に一度ですか」

音喜多は母親のほうを見て言ったのだが、答えたのは子どものほうだった。

「そうです。毎週水曜日の五時から。学校から帰ってきて、ちょっと宿題して、四時半のバスに乗ります」

音喜多と鳴海が訪れているのは、久米からヴァイオリンを教わっている、山添《やまぞえ》健人という子どもの自宅だった。事件当日、レッスンの予定が入っていた生徒だ。音喜多と鳴海は、ヨーロッパ調の家具で統一されたリビングルームで、山添母子と向き合って座っている。

事件発生から四日、大泉中央署に特別捜査本部が設置されてから、三日が経過した。

久米の家族への聞き取りとスマートフォンの履歴から判明している生徒は四人。久米自身は公に生徒を募集していないようで、人伝《ひとづて》に噂《うわさ》を聞いた保護者から頼み込まれるかたちで生徒を預かっているらしい。ほかの生徒の自宅にも、捜査員が派遣されている。

「健人くんはいつから久米さんのところに？」

「この子が小学校二年生のときからなので、二年前になります。それまで師事していた先生から、この子には才能があるので、もっとレベルの高い教育を受けさせたほうがいいと言われて、久米さんを紹介されました。関東フィルのコンマスをされているようなお忙しい方に引き受けてもらえるのか心配でしたけど、一度お会いして話をしましょうと言ってくださって、大泉のお宅にお邪魔したんです」

母親の口調には、久米の少数精鋭の生徒として息子が選ばれたのだという優越感が滲《にじ》んでいた。

「健人くん。先生はやさしかった？」

鳴海が健人に訊ねた。

「やさしかったです。ぜったいに怒らないし」

「そう。レッスンは楽しい？」

少し間があったものの、「はい」と健人が頷く。

「本当に良い先生を紹介してもらえて、運が良かったと思っていたんです。あんなことになってしまうなんて」

母親が沈痛な面持ちになる。

だがふいに息子のほうを向いた。

「健人。そろそろレッスンに出かける準備をして」

「レッスンですか」

音喜多は耳を疑った。

「はい。こういうことになってしまったので、前の先生にまたしばらく健人を指導していただけませんかと、お願いしました。一日休むと取り返すのに三日かかりますから」

健人が席を外したのを合図に、音喜多たちも山添邸を辞去することにした。

「鳴海が言ってたこと、わかった気がする」

駅に向かいながら音喜多は言った。

「私が言ってたこと、ですか」

「やめさせてもらえるって、実はすごく幸せなこと」

「ああ。あれ」

健人はレッスンが楽しいかという問いに即答できなかったし、レッスンの準備のために席を立つときも、明らかに嫌そうな顔をしていた。久米が死んで間もないからなのか、別の理由なのかわからないが、いまの健人は、ヴァイオリンの練習を苦痛に感じているようだった。会ったばかりの音喜多ですら察することを、実の母が気づかないわけがない。我が子にあんな顔をさせてまで、レッスンを続けさせないといけないのだろうか。

「あそこまでしないと、クラシックの演奏家にはなれないものなのか」

「そう言われてはいます」

きっぱりとした口調だった。

「鳴海はどうだったんだ。おまえだって、音楽漬けの毎日が嫌になることだってあっただろう。でもいまは音楽隊として警察に入って、音楽隊への異動を希望し続けている。いまは音楽が好きってことだよな」

「もちろんです」

「ってことは、親に感謝してるのか。遊びたいのに遊ばせてもらえず、無理やり練習させられたり、レッスンを受けさせられた日々を。おれに言わせれば、さっきの母親がやっていることは虐待《ぎゃくたい》に近い。法に触れず、肉体的な暴力を用いてないだけだ」

「感謝」と言葉の意味をたしかめるように、鳴海は呟いた。

唇をすぼめ、しばらく虚空を見上げる。

「感謝はしてると思います。いまの私の音楽的な知識だとか技術だとかは、小さいころからの教育のたまものです。並々ならぬ労力とお金をかけて私に教育を施してくれた親には、もちろん感謝しています。でも私が素直に感謝できるのは、運良く結果が出たからだとも、思っています」

「結果？」

鳴海が頷く。

「世界的なソプラノになれたわけでもないし、プロのオケマンになれたわけでもないけれど、私は音楽をやっていたから警察に入れました。いまこの仕事ができているのは、音楽のおかげです。でもそうならなかったら、一生懸命練習しても楽器の演奏が上手くならずに音大に入れなかったり、音大を出ても就職の口が見つからなかったりしたら、いまみたいに素直に感謝できなかったかもしれません」

あとは、と鳴海が遠くを見るように目を細める。

「音楽をやっていなかったらどんな人生を歩んでいたんだろうとは、やっぱり考えちゃいますね」

「なるほどな」

あのときああしていたら、というのは誰しも考える。だが自分で選択したのと、選択の余地すら与えられなかったのでは大きく違う。生き方を決められて、その道で成功できれば感謝するだろうが、そうならなかった場合には、誰かを恨みたくもなるだろう。

「そう考えるとやはり、久米充は人格者だな」

久米は自分の息子になにかを強制することはせずに、選択の自由を与えた。

演奏技術はもとより人間的にもすぐれた、コンサートマスターとして申し分のない人物。つねに冷静で誰かと衝突したりすることもなく、ときに指揮者以上のリーダーシップを発揮してステージを作り上げる、すぐれた音楽家。楽団のメンバーを誘って結成したカルテットで親子コンサートを開催して収益を寄付し、少年少女たちへのレッスンを通じて自らの技術を惜しみなく伝える無私の人。

それがなぜ、殺されなければならなかったのか。

ＤＮＡ鑑定の結果、遺体は久米充だと断定された。

死因は当初の見立て通り、煙を吸ったことによる一酸化炭素中毒死。犯人はソファに座った状態の被害者を背後から殴打し、昏倒《こんとう》した被害者にカーテンをかぶせ、火を点《つ》けたとみられる。

そして司法解剖の結果、遺体の指先やソファの一部に、火で炙《あぶ》られたような痕跡が発見された。最初は被害者に直接、火を点けようとしたものの、上手く着火しなかったため、助燃剤としてカーテンを利用したと考えられる。

被害者がメインで使用していたヴァイオリンは、いまだに発見されていない。だが動機が単純な物盗りであったなら、火を放つ理由がない。犯人と被害者の間には、なんらかの感情的なもつれがあったと考えるべきだろう。

とはいえ、被害者には恨まれる要素が見当たらない。近隣住民、同僚、友人、家族、レッスン生。どこをつついても被害者の悪評どころか、誰かと揉めていたという噂話すら出てこないのだった。

完璧な人格者。そんな人間が存在するのだろうか。

音喜多は、森田杏が受けたという嫌がらせの電話を思い出した。

公衆電話から発信してきたその女は、森田杏が久米と愛人関係にあったおかげでオーディションに合格し、正団員になれたと決めつけていたらしい。クラシック音楽の世界についてはよく知らないが、いかにもありそうな話だと思う。しかし森田は関係を否定した。彼女が本当のことを話しているのか、まだ少し疑っている部分もある。

そのとき、音喜多のスマートフォンが振動した。

最上からの音声着信だ。

「もしもし」

『よう。お疲れ。首尾はどうだ』

「よくはない。前に進んでいることを願う」

『だろうな。誰に訊いても被害者を悪く言う人間はいない。気味が悪いほどだ』

捜査員一同に共通する心証だろう。今回の被害者にはあまりに隙がなさ過ぎて、どこをどう調べていいのか途方に暮れる。

「愚痴《ぐち》を言いたいのなら捜査会議が終わるまで待ってくれないか。おまえが酔い潰れるまで相手してやるよ」

『言うね。先に酔い潰れるのはどっちかな』

最上は鼻で笑った。

「なんの用だ」

『森田杏への嫌がらせの電話。発信元の公衆電話が特定された』

「本当か」

『五反田《ごたんだ》駅近くの山手通《やまてどお》り沿いにある、クリーニング店の店先に設置された公衆電話だ。しかもおもしろいことに、被害者宅の固定電話に発信したのも、この公衆電話だった。被害者宅と森田杏への電話は、同じ公衆電話から発信されていた』

とくん、と心臓が跳ねる。

話を聞いた時点から、両者に関連があるのではないかと考えていたが、これではっきり点と点がつながった。

2

その日の捜査会議で焦点が当てられたのは、森田杏と被害者宅への公衆電話からの発信だった。

森田杏に電話してきた女は、森田が久米と愛人関係にあったため、オーディションの合格を勝ち取ったと決めつけているようだった。森田自身は久米との関係を否定しており、同僚の楽団員からも二人の関係を疑う証言はない。いっぽうの被害者宅への無言電話では、応対した息子の太陽は、母親には言うなと久米から口止めされた。余計な心配をさせたくないと説明したようだが、妻に知られてはまずい事情が存在したとも受け取れる。

二件の電話から、ある仮説が浮かんできた。

久米は森田とは別の女と愛人関係にあった、というものだ。

久米は合格を餌《えさ》に、オーディションの女性受験者と肉体関係を結んだ。しかし実際に合格したのは森田だった。当然ながら、話が違うと落選した女は憤る。そして自分を騙した久米と、オーディションに合格した森田に嫌がらせの電話をする。

最終的に、久米の殺害に至った。

筋は通る。オーディションの受験者であればヴァイオリンにも詳しかったはずだから、練習用の安物と、高価なヴァイオリンを見分けることもできただろう。高価なヴァイオリンは、肉体を弄ばれた慰謝料として持ち去られたのだろうか。

「なにがそんなに腑《ふ》に落ちない」

最上はろれつの怪しい口調で言った。

「聞き込みから浮かび上がった、被害者の人物像と結びつかないと思ってな」

音喜多はさきいかを嚙みながら答える。

「そんなの珍しくもない。凶悪な殺人鬼の近所の住人が、あの人はいかにも人を殺しそうだと思ってました、なんて言わない。ほとんどは、そんなことをする人には見えませんでした……だ」

「たしかにそうだが」

「闇の深いやつほど、それを隠そうと善良な人間を装うもんだ」

「だったらおまえの闇は深くないってことになるな」

「バカやろ。おれだっていろいろと悩みがあるんだ。たとえば」

その後もなにか文句を言っているようだが、言葉が不明瞭でまったく聞き取れない。

大泉中央署四階の道場には、泊まり込みの捜査員たちのための布団が並べてあり、いくつもの酒盛りの輪ができている。

今日は早く寝るつもりだったが、捜査会議の後で最上に捕まった。夕方の電話で話した内容を覚えていたようだ。

「桜田真央はどうだった？」

関東フィルを退団した、カルテットで森田杏の前任だった女性だ。最上が話を聞きに行っていた。

「捜査会議でも報告したじゃないか。円満退団だったし、被害者と交際していたという事実もない。恨む要素がないんだ」

「あくまで自己申告だよな」

「それを言い出したら、全楽団員を疑わないといけなくなるぜ。それに桜田の場合は、認知症の母親をつきっきりで介護してる。おれたちと話しているときも何度か様子を見に行ってたし、いつなにがあってもおかしくない状態らしい。介護する側まですっかりやつれちまって、見てて痛々しかったな。あれじゃ殺人どころじゃない。近所のスーパーに出かけるのさえ気を遣うだろう」

よほど凄惨な現場を目にしたようだ。

「だから」と最上が話を戻した。「オーディションだ。被害者が立場を利用してなんか悪さを働いてたんだろ」

すんなりと頷くことができずに、低い唸《うな》りが漏れる。

「コンマスが組織内でどれほどの権威なのかは知らないが、安直じゃないか。オーディションの合格を餌にちょっかいをかけるのが可能だとしても、結果、オーディションに落ちたら女から恨まれるのは目に見えている」

「わからんけど、所詮、狭い世界で生きてきた坊ちゃんだろ。狭い世界で権力握った人間は勘違いするもんだ。ほら、どこかの映画監督が映画出演を餌に性加害してたっていうニュースがあったじゃないか。普通の社会ではありえないが、閉鎖的な狭いコミュニティーで権力を握った人間はありえないくらい横暴になるし、周囲も見て見ぬふりをする。人格者といったところで、一般社会の感覚とは違う次元で生きてるわけだし、思いがけないところがズレてたりするもんじゃないのか」

「だとしたらもっと悪評が立ってると思うが」

「知らねえよ。思うところがあっても口に出せないだけかもしれないぜ」

「楽団員たちが警察に嘘をついていると？」

「嘘をつくのと話さないのは違う。感覚が麻痺《まひ》しちまって、告発するほどのことじゃないと捉えてる可能性もある。さっきの映画業界の話だって、昨日や今日始まったことじゃないだろ。ずーっと、いわば負の伝統として存在してたんだ」

「オーディションに合格した森田は、久米からそういった誘いを受けたことはないと話している」

「合格するやつをどうこうしたら面倒じゃないか。同僚になるわけだし、のちのちこじれる可能性も出てくる。その点、最初から受かる見込みのない女に声かけてヤリ捨てすれば、後腐《あとくさ》れはない。まあ、今回の場合は、後腐れどころか命まで狙われちまって殺されたわけだけど」

　音喜多は髪の毛をかき、缶ビールをあおった。

「被害者のスマホには、オーディションの受験者と個人的に連絡をとった形跡はない」

「おれが女にちょっかいかけるなら、スマホの連絡先は教えない。女房といるときに電話がかかってきたら困る。関係を切るときだって、スマホの番号がわかっていたら厄介だ」

最上は上体を大きく揺らしている。強面《こわもて》の印象とは裏腹に、酒の弱い男だ。こんな体たらくでよくもまあ勝負を挑んでくるものだと、毎度あきれる。

「ならどうやって連絡をとる」

「どうだろうな。おまえはもう、こそこそする必要がないからいいんじゃないか。シングルだ」

「おれの話をしてるんじゃない」

「おれだって火遊びするつもりはない」

「だからおれたちの話じゃない」

会話が嚙み合わなくなってきた。そろそろ頃合いかもしれない。

「あの女はやめとけよ」

「あの女？」

誰のことを言っているのかわからない。

「あの女っていったら、あの女だ。おまえとペア組んでる玉堤署の」

「鳴海のことか」

言いながら笑ってしまった。鳴海を異性として見るなんてありえない。

だが「あいつはまずい。あいつには手を出すな」と最上が力説する根拠が知りたくて、会話を続けた。

「どうしてだ」

「そのうち同僚になるからだ」

意味を理解するまで時間がかかった。

「鳴海が捜一に引き上げられるっていうのか」

「時間の問題だろうな」

「でもあいつは音楽隊採用だぞ」

「そのわりには、いつまで経っても音楽隊に異動にならない」

音喜多にとっても、その点は不可解だった。

「玉堤署の刑事課長が手放さないと聞いたが」

返事がないと思ったら、最上は目を閉じてうつらうつらとしていた。

「おい。最上」

「ああ」

「聞いてるのか」

「ああ」

「鳴海が捜一に引き上げられるというのは、たしかな情報なのか」

「知らん」

たぶんもう、自分の声は届いていない。

ゆらゆらと揺れる肩をちょんと押してみると、最上はそのまま布団に倒れ込んだ。

「肝心《かんじん》なところで寝るな」

あきれながら立ち上がり、掛け布団をかけてやる。

立ち上がったついでにトイレに行っておこうと、廊下に出た。

が、廊下の先の人影に気づいて立ち止まる。

鳴海だ。

上下スウェット姿で立ち尽くしている。髪が濡《ぬ》れているので、風呂上がりのようだ。

歩み寄ろうとしたが、月光に照らされた横顔がどことなく憂いを含んでいて、声をかけるのがはばかられる雰囲気だった。

そのまま回れ右して立ち去ろうとしたとき、鳴海の顔がこちらを向いて目が合った。

しばらく見つめ合った後で、鳴海が首をかしげる。

「誰？」

ずっこけそうになった。中折れ帽をかぶっていなかったせいか。

「おれだよ、おれ」

両手で髪の毛をボサボサにして、天然パーマを際立たせてやると、ようやくわかったようだ。

「なんだ、音喜多さんですか」

「なんだ、はないだろ。こんなところでなにやってる。もう寝るんじゃないのか」

男性捜査員は道場に布団を並べて寝るが、女性捜査員には女性警察官用の仮眠室があてがわれている。

「寝ようとしたんだけど、思いついたことがあったので、忘れないうちに音喜多さんに話しておこうと思って」

おれに会いに来たのか。

それなのに「なんだ」はないだろ。

そんなことより。

「思いついたこと？」

鳴海が頷く。

「嫌がらせの電話の件です」

「偶然だな。実はおれも考えていた」

だが話を聞いてみると、鳴海の思考は音喜多とは少し方向性が違うようだ。

「被害者宅への無言電話と、森田への嫌がらせ電話は、同一人物による仕業だと考えられます」

その点に疑いの余地はない。別々の犯人が偶然にも同じ公衆電話を利用していたなんて、天文学的な確率だ。

「犯人の動機がオーディションに落ちたことへの腹いせで、被害者や森田杏の足を引っ張るのが目的ならば、ほかにも怒りの矛先を向ける相手はいるんじゃないでしょうか」

「どういうことだ」

「コンマスがオーディション受験者に肉体関係を強要した事実があったのなら、真っ先に電話をかける相手は、合格したヴァイオリニストでしょうか。肉体関係を強要したコンマスでしょうか。どっちも少しピントがずれていると思いませんか」

　言われてみればそうだ。オーディションに不正があったからといって、合格した森田にそのことを告発するのは、筋違いもいいところだ。

「ほかにも電話をかけている？」

「そう思いました。いかにコンマスがオーディションに大きな発言権を持っていても、すべてを一人で決められるわけじゃありません。コンマスは演奏家たちのトップではあっても、オーケストラを運営する組織のトップではないからです」

「だとすると、事務局……か」

　楽団長の赤坂の涼しげな眼差しを思い出す。事務局に告発の電話があったのなら、赤坂もその事実を把握していた可能性が高い。あの男、あんな育ちのよさそうな風貌をしていながら、中身はとんだ狸《たぬき》かもしれない。

「最初は事務局に告発したものの、相手にされなかったために、合格者である森田の番号を調べて連絡した……という流れのほうが、自然じゃありませんか」

顎に手をあて、しばらく考えた。

「たしかにそうだ。だがどうする。事務局への電話があったのなら、赤坂は意図的に事実を隠蔽《いんぺい》したことになる」

「ええ。真っ正面から斬り込んでもしらを切られるだけです。まずは動かぬ証拠を突きつけなければ」

「動かぬ証拠？」

そんなものあるのか。

「犯人が公衆電話を使用したのは、足がつくのを恐れたからです」

「そうだろうな」

まさかいまどき携帯電話を持っていないわけでもあるまい。履歴を辿られて正体がばれるのを恐れたのだ。

「被害者宅と森田杏に発信したのは、同じ公衆電話でした」

「あっ」と思わず声が出た。

「公衆電話の発信履歴か」

公衆電話の場所を特定する際には被害者宅および森田杏の着信履歴から発信者を辿ったが、今度は発信者側の記録を確認する。

「はい。犯人がいつも同じ公衆電話を使用していたのなら、おそらく事務局……もしくは理事、楽団長、事務局長あたりの携帯番号に発信した履歴が出てきます」

その記録が出てくれば、もはや言い逃れはできない。

「わかった。明日にでも令状を請求してみよう」

「ありがとうございます。よろしくお願いします」

「風邪《かぜ》引くから早く寝ろ」

「音喜多さんも、そろそろ夜更かしが身体に堪える年ごろじゃないですか」

「放っておけ」

こぶしで殴る真似《まね》をすると、鳴海は笑いながら歩き出した。

鳴海の姿が角を曲がって見えなくなってから、音喜多は最初に鳴海が立っていた場所に近づいてみた。

そこには掲示板がある。

鳴海は掲示板を見つめていたようだ。

掲示板に貼ってあるのは、警視庁音楽隊のコンサートのポスターだった。

3

翌日、音喜多と鳴海は目白にいた。

関東フィルは事件の影響で数日は完全に活動が休止し、コンサートもキャンセルになったようだが、今日からリハーサルを再開することにしたらしい。

練習スタジオは目白駅から十分ほど歩いたところにあった。オーケストラがいっせいに音出しできる空間なので建物は大きいが、あくまでリハーサル施設なので外観は無愛想だ。なにも知らずに通りかかれば、巨大な倉庫に見えるだろう。

建物の外周をぐるりと歩いたところに扉があり、その横にインターフォンと、カードリーダーがあった。関係者はカードキーで出入りする仕組みらしい。

インターフォンの呼び出しボタンを押すと、ほどなく扉が開き、黒いパンツスーツの女が現れた。

「警視庁の音喜多と鳴海です」

「うかがっております。関東フィルの岡野《おかの》と申します」

岡野は音喜多の警察手帳を見ながら、申し訳なさそうに肩をすくめた。

「すみません。現在リハーサルが長引いておりまして……中でお待ちいただけますか」

「もちろんです。こちらこそお忙しいところすみません」

飲料の自動販売機とテーブルや椅子の置かれたミーティングルームを通過し、二重の防音扉を開いてスタジオに立ち入った。

その瞬間、壁のような音のかたまりが押し寄せてきて、全身が粟立つ。

天井の高い、広大な空間だった。

正面で指揮者が両手を振っており、向かって左側に陣取った楽団員たちが、おのおの楽器を演奏している。

最前列の演奏者まで三メートルほどしかない。これほどの近距離でオーケストラの演奏を聴くのは、音喜多にとって生まれて初めての経験だった。音に包まれ、ビリビリと全身の産毛《うぶげ》が震えるような感覚だ。

奥の壁際に赤坂の姿を見つけた。身体の前で両手を重ねて楽団員たちの演奏を見守っていたが、音喜多たちに気づいて軽く会釈する。

楽団員たちは意識を指揮者の指揮棒に集中しているようで、曲の途中で入室してきた刑事たちには目もくれない。音喜多と鳴海は部屋の隅に立ち、演奏が終わるのを待った。

ふいに指揮者が右手を大きく振り、演奏を中断させる。

指揮者は背の高い壮年の白人男性だった。英語で話す内容は音喜多にはさっぱり理解できないが、それでも彼がオーケストラの演奏に怒っているのはわかる。

白い肌を真っ赤に染めながら指揮者が楽団員たちを激しく叱責し、勝手にしろという感じで、こちらに向かって歩いてくる。

音喜多たちが横に退いてできた道を真っ直ぐに進み、そのままスタジオから出て行った。

とたんに空気が弛緩《しかん》する。

「今日のグスタフ荒れてたね」

「そんなに悪かったかな」

「最高ではなかったけど、あんなに怒るほどでもなかったと思う」

楽団員たちが楽器をおろしながら、口々に感想を言い合っている。

「すみません」

岡野は指揮者の態度を詫《わ》びたのだろう。

「とんでもないです。こちらこそ、大変なときにお邪魔してしまい、申し訳ないです」

「演奏にまとまりがありませんでしたね」

鳴海の感想に、音喜多は弾《はじ》かれたように振り返った。

岡野は作り笑顔の頬を硬くしている。

「個々の演奏はまったく問題ないのに、なんとなくバラけた印象になってしまっているというか、一体感がないというか」

「鳴海。そのぐらいにしておけ」

すると、最前列中央の席についていた髪の薄い男が「やっぱりおれじゃダメだ」と、頭を抱えた。指揮者にもっとも近い場所でヴァイオリンを弾いていたので、その男がコンサートマスターのはずだ。

「おれはコンマスの器《うつわ》じゃない」

　髪の薄い男はがっくりと肩を落とし、うなだれている。

　周囲の演奏者たちから「しかたがない」「田中《たなか》さんは頑張ってるって」と慰められても、彼の頭が持ち上がることはなかった。

「田中さんは本来、フォアシュピーラーなんです」

　赤坂が笑顔で歩み寄ってきた。

「フォアシュピーラー？」

　音喜多にはわからない単語だらけだ。

「次席奏者のことです」と鳴海が説明する。

「コンマスの隣で演奏して、コンマスをサポートする役割を担います。フォアシュピーラーとはドイツ語で『良いお手本』という意味で、場合によってはコンマス以上に重要な役割を担うのですが、フォアシュピーラーがそのままコンマスに繰り上がってもダメってことなんでしょう」

「おまえな……」

視界の端に映るフォアシュピーラーは、いまにも椅子から崩れ落ちそうだ。それでも気丈に左手で鉛筆を握り、楽譜になにやら書き込んでいる。

なにを書いているんだろうと目を細めていると、「指揮者の指示です」と鳴海が言った。

「指揮者によって曲の解釈が異なるし、後で消さないといけないから、楽譜への書き込みは芯のやわらかい濃い鉛筆を使用します」

「へーっ」

そもそも同じ楽譜をずっと使い回し続けることが驚きだ。あらゆる面でＩＴ化の進んだこの時代に、ずいぶんと前時代的だな。

音喜多が感心していると、「桜子？」と女の声がした。

最後列でヴァイオリンをケースにしまおうとしていた黒髪で色の白い女が、鳴海を向いて目を見開いている。

十中八九、知人だと思うが、鳴海のほうは難しい顔で首をかしげていた。顔が識別できないのでしかたないのだが、久しぶりに会ってこの反応は傷つくだろう。

女は立ち上がり、自分を指差した。

「覚えてない？　私。神岡《かみおか》彩《あや》花《か》」

「彩花？」

鳴海も思い出したようだ。

「知り合いか」

「音大の同級生です」

「びっくりした。こんなところで会うなんて。っていうか、最初、私の顔わからなかったでしょ。相変わらず天然だよね」

神岡が嬉しそうに歩み寄ってくる。かつての同級生にかかれば、鳴海の相貌失認も天然で片付けられてしまうのか。

「だって久々だったから」

「久々だからって、友達の顔忘れる？　どれだけ長い時間一緒に過ごしたと思ってるの」

口ぶりから察するに、かなり親しい関係だったようだ。

「ごめん」

「別にいいけどね。桜子らしくてむしろ懐かしくなった。でも桜子、いま刑事なの？　音楽隊で入ったんでしょ」

「そうだけど、刑事として優秀すぎて足止めされてる」

「笑える。やっぱり桜子はおもしろい」

笑い話ではなく、本当のことなのだが。

「彩花は関東フィルに入ったの？」

「違う。エキストラ。いまはヴァイオリンの先生やってる」

「そうなんだ」

「こんな偶然があるんですね」

いつの間にか赤坂が歩み寄ってきていた。元同窓生の二人を見ながら目を細める。

「ごめん、桜子。仕事中だよね」

神岡は申し訳なさそうに肩をすくめた。

「いえ。かまいませんよ。久々の再会に水を差すつもりはありません」

赤坂がにこやかに頷く。

神岡は楽団長の計らいに恐縮しながら鳴海を見た。

「桜子。番号変わってない？」

「うん。前のまま。彩花は？」

「私も変わってない。じゃあ今度、ご飯でも食べに行かない？」

「行く行く」

「じゃあ、連絡する」

「わかった。待ってるね」

終わりました、という感じに、神岡が肩をすくめる。

「それでは、ミーティングルームに移動しましょうか」

赤坂に促され、音喜多たちはミーティングルームに移動した。

八人掛けの大きなテーブルを刑事たちに勧め、赤坂が自動販売機に向かう。

「缶コーヒーで大丈夫ですか」

「おかまいなく」

音喜多は遠慮したが、「私が、喉が渇いているので。リハを見ていると、緊張して喉がカラカラになってしまいました」と、赤坂は人数ぶんの缶コーヒーを購入した。

刑事たちの前に缶コーヒーを置き、自らは対面の椅子を引く。

「お待たせしてしまい、申し訳ありません。いつもならグスタフのリハはオンタイムで終わるのですが」

「だいぶお怒りの様子でしたね」

音喜多が椅子に座り直す横で、鳴海が早速缶コーヒーを開けて飲んでいる。

「怒っているというか、グスタフ自身も動揺しているのだと思います。久米くんにたいして、絶大な信頼を寄せていましたから」

故人を偲《しの》ぶように遠くを見ていた赤坂が、こちらに視線を向けた。

「今日はいったい、どのような用件で」

「先日、事務局にお邪魔した際、久米さんのお宅に無言電話がかかってきていたと話したのを、覚えていらっしゃいますか」

赤坂が軽く眉を持ち上げる。

「覚えています」

「あの後、ご紹介いただいたカルテットの森田さんが、嫌がらせの電話を受けていた事実も判明しました」

「報告は受けています。森田くんもすぐに相談してくれればよかったのに」

「森田さんが相談したら、なにか手を打っていましたか」

「当然です。楽団員がいわれのない誹謗中傷《ひぼうちゅうしょう》を受けているのですから」

「いわれがないかどうか、調査なさいましたか」

赤坂が怪訝そうな顔になる。

音喜多は告げた。

「久米さんのお宅と森田さんのスマホへは、同じ公衆電話から発信されていることがわかりました。そして同じ公衆電話から、関東フィルの事務局にも発信されていたんです」

赤坂は微動だにしない。決定的な証拠を突きつけられ、反応できないという感じだ。やがて気まずそうに視線を落とした。

「すみません」

「なぜ黙っていたのですか」

「重要なことだとは思っていなかったので……」

「久米さんが誰かと揉めている事実はないと、おっしゃいましたよね」

「あんなのは揉めているとは言いません。一方的な言いがかりです」

「言いがかりかどうか、調べられたのですか」

「久米くんに話を聞きました。彼はやっていないと言った」

「一方の言い分だけを聞くのは、調査とは言えません」

　赤坂が不服そうに唇を歪め、背もたれに身を預ける。

「電話は、どういった内容だったのですか」

「匿名《とくめい》の女性からでした。名前を名乗れない時点で怪しいと思いませんか」

　音喜多が無言で見つめると、赤坂は鼻に皺を寄せた。

「オーディションを受けた者だが、そちらの選考過程に不正がある。肉体関係を強要された。きちんと調べて結果を公表してほしい……そう言っていました」

「オーディションを受けたと言っていたのですか」

「ええ。名前を訊ねても名乗りませんでしたが、客観的に判断すれば自分の演奏がもっともすぐれているのだから、自《おの》ずとわかるはずだとも言っていました。その時点で傾聴するに値しない意見だと判断しました。オーディションの結果が不満で、公正な審査が行われていないのではないかというクレームは、少なくないんです。いちいち真に受けていたら仕事にならない。それでも楽団長の責任として、久米くんには事実確認をしました」

　やっていられないという感じで、赤坂がかぶりを振る。

音喜多としても言いたいことはあるが、電話をかけてきた女がオーディションの受験者だと明言したという情報は、大きな収穫だ。

「オーディションはどのように行われるのですか」

「同じパートのプレーヤーの前で演奏してもらいます。ヴァイオリンのオーディションだったら、うちのヴァイオリン奏者の前で演奏を披露してもらうのです」

不機嫌の残る、赤坂の声だった。

「どうやって合格者を決めるのですか」

「ヴァイオリン奏者たちの話し合いです。私もオーディションには立ち会いますが、極力口出ししないようにしています」

「ヴァイオリニストの合議制ということですね」

「そういうことになります」

「多数決ではない」

「ええ」

「となると、発言力のある人間と、そうでない人間が生まれます」

じっと音喜多を見つめていた赤坂が、開き直ったように言う。

「その通りです。オーディションにおけるコンマスの発言力は大きい。森田くんが合格したときのオーディションでも、ほかの参加者を推す声があり、議論は紛糾しました。最終的にはコンマスの鶴《つる》の一声《ひとこえ》で決定した経緯があります」

　実際に不正があったかはともかく、久米にとって、不正を行うことが可能な環境ではあったと言えるだろう。

「オーディションの参加者数は」

「あのときはたしか、百二十以上の応募があったと思いますが――」

　応募者数の多さに怯《ひる》んだものの、「書類選考で十人に絞りました。実際に楽団員の前で演奏したのは、十人です」と聞いてほっとした。百二十人以上の応募者全員に聞き込みするのには、相当な時間がかかる。

「その十人のうちで、女性は」

　赤坂が指折り数える。

「六……七……七人でした」

「その七人の方のお名前を、教えていただけますか」

　いっこうに筆記具を取り出す気配のない鳴海に代わって、音喜多は胸ポケットのボールペンを引き抜いた。

4

「しかしあれだな」

中折れ帽をかぶり直しながら、音喜多は言った。

「せっかくオーディションが開催されても合格者が一人で倍率が百二十倍以上だなんて、とんでもなく厳しい世界だな。そう考えるとプロのオーケストラの楽団員っていうのは、本当に選ばれし人間たちなんだな」

返事がない。振り返ると、鳴海は十メートルほど後方に立っていた。憂いを含んだ横顔でなにかを見つめているので、また警視庁音楽隊のコンサートのポスターでも見つけたのかと思ったが、そこにあるのは焼き肉店だった。

二人がいるのは、白金台《しろかねだい》駅を出てすぐの路上だった。

赤坂から聞いたオーディション参加者七名の女性のうち、四名は地方在住だった。公衆電話を利用するために五反田まで通うとは考えにくい。

音喜多たちは、残る三人を調べることにした。

まず一人目、二十七歳の塔山《とうやま》みどりは、白金台の自宅でヴァイオリン教室を営んでいるらしい。

「なにやってる」

「お腹《なか》が空《す》いちゃって」

　鳴海が目を閉じ、鼻をくんくんと動かす。ダクトから吐き出される焼き肉の匂いに誘われたようだ。

　なにが憂いを含んだ横顔だ。自分で自分を殴ってやりたい。

「そろそろご飯にしませんか」

　音喜多は腕時計で時刻を確認した。アポイントまでは少し余裕がある。

「これから聞き込みってときに、焼き肉はないだろ」

「でもお腹が空いて力が出ません」

　漫画のキャラクターかよ。

　近くにコンビニエンスストアがあったので、おにぎりを買い与えた。

　店から出てすぐに食べようとするのを止め、スマートフォンの地図で適当な場所を探す。すぐ近くに児童公園を見つけた。

　公園のベンチに腰掛けるや、鳴海が猛然とおにぎりを食べ始めた。

　最初はあきれながらその様子を見ていたが、本能剝き出しの食べっぷりが気持ちよくなってくる。

「美味《うま》いか」

頷いているのか、勢いよくがっついているだけなのかわからない。ともあれ不味《まず》くはなさそうだ。

鳴海は立て続けにおにぎりを三個食べ、ペットボトルのお茶をぐびぐびと半分ほど空けたところで、人心地ついたようだ。満足そうに自分の腹を撫でる。

「ようやく落ち着きました」

「おにぎり三個でやっとか」

音喜多は鼻で笑い、缶コーヒーに口をつけた。

「厳しい世界ですよ」

「は？」

「さっき言ってたじゃないですか。プロオケになれるのは選ばれし人間だって」

「聞いてたのか。ってか、いまごろ返事するのかよ」

「プロオケ志望の音大生のうち、プロオケに入れるのは五百人に一人と言われています」

「マジか」

厳しい入試をくぐり抜け、四年間みっちり教育を受けた上での倍率五百倍は、とてつもなく狭き門だ。だがこれまで聞いた話を思い出せば、じゅうぶんに納得できる。仕事の性質上、余剰人員を抱えることはありえない。必要な枠以上に採用するわけにはいかないし、その枠にも、めったに空きが出ない。

「そこまでしてオーケストラに入りたいものかね」

「引くに引けなくなってるというのが、本音だと思います。ずっと音楽ばかりやってきてつぶしが利《き》かないし、いざ別のことをするとしても、これまでやってきたことが無駄になってしまうという怖さもある。いまさらほかのことはできないから、もう少し粘ってみようと思っているうちに年齢を重ねてしまい、余計にほかの分野への挑戦が難しくなる」

「だとしたら、オーディションは文字通りの死活問題だな」

　選考に影響力を持つ人間から肉体関係を強要されたら応じる者もいるだろうし、選考が公平に行われているのかと、疑心暗鬼《ぎしんあんき》になる者もいるだろう。落選を逆恨みして嫌がらせ、ひいては殺人という可能性も、考えられなくはない。

　逆恨みなのか、本当に不正があったのか。

　腹ごしらえを終えた鳴海は、わかりやすく元気になった。

　二人は公園を出て、塔山みどりの自宅に向かった。

　塔山邸は青い三角屋根が特徴的な、ヨーロッパ風のお洒落な一戸建てだった。出窓には『ヴァイオリン教室　生徒さん募集中』という手書きのチラシが貼ってある。自宅でヴァイオリンを教えているようだ。

　三段のアプローチをのぼって呼び鈴を鳴らすと、白い扉が開いて六十歳前後ぐらいの女が現れた。綺麗にセットされた白い髪は、うっすらと青みがかっている。

「こんにちは。塔山みどりさんはご在宅でしょうか」

音喜多が警察手帳を見せると、女はあらあらと呟いて、家の奥に呼びかける。

「みどり。警察の方がいらっしゃったわよ」

はあい、と奥から声が応じる。

「どうぞ。お上がりください」

「では失礼します」

塔山みどりの母親と思われる女に誘導され、二人は広い部屋に通された。グランドピアノの向こうの大きな窓越しに、整えられた芝生と高級外車が見える。

「美味《おい》しいアールグレイがあるんです。少々お待ちください」

「いえ。おかまいなく」

女は微笑みを浮かべたまま部屋を出て行った。

ソファに腰を沈めて両手を擦り合わせながら、部屋の中を見回す。

「これは、外れかもしれないな」

心の声が漏れた。

白金台の実家で両親と暮らしているというだけで想像はついたが、想像以上のハイクラスな暮らしぶりだ。おそらく、娘が定職に就かなくても普通に暮らしていけるほどの資産がある。そんな境遇で育った女性が、肉体を武器にしてまでオーケストラ入団を目指すとも、落選を逆恨みして殺人に及ぶとも思えない。

「そういえば、集合住宅住まいが一人いたよな」

オーディション落選者で都内近郊在住の三人のうち、塔山みどりを最初に選んだのは、単純に住まいが五反田からもっとも近かったからだ。だがここに来てみて思った。距離が問題ではない。生活レベルの問題だ。切羽詰《せっぱつ》まった環境にあれば、必死でそこから抜け出したいと願う。好きでもない男と枕をともにしてでも職を得ようとするだろうし、騙されたと気づけば殺意を抱く。

ジャン、と和音が聞こえた。

高いほうから低いほうへ、転がり落ちるような十六分音符。

メロディーの聞こえる方向に目を向けて、全身から血の気が引いた。

鳴海がグランドピアノを弾いている。

「鳴海。なにやってる」

「このピアノ、あまり弾いてもらってないみたいで、かわいそうだと思って」

「だからといって勝手に触るやつがあるか」

小声で注意するが、鳴海の指は止まらない。

「やめろって」

ふたたび小声で注意して、小声の意味はないと気づく。どのみちピアノの音は、住人の耳に届いている。

　そのとき、部屋の出入り口に黒髪でフレアスカートを着た女が立っているのに気づいた。彼女が塔山みどりだ。事務局から借りた履歴書で顔写真を確認済みだ。

「すみません。すぐにやめさせます」

　慌てて立ち上がった音喜多に、塔山は手の平を向けた。

「大丈夫です」

　その顔には微笑が浮かんでいる。

　塔山は結局、およそ三分後に鳴海が最後の和音を鳴らして顔を上げるまで、自分の腕を抱えて立ったままでいた。

　そして笑みを深くし、拍手をして演奏者を讃《たた》える。

「素晴らしいです。ショパンの『革命のエチュード』」

　いまの聞き覚えのある曲はショパンだったのか。

「ありがとうございます」

　鳴海は満面の笑みで応えた。よくもまあ、他人のピアノを勝手に演奏してこんな清々《すがすが》しい表情ができるものだ。

「いいえ。こちらこそお礼を言わないと。素晴らしい演奏をありがとうございます」

「ピアノは専門じゃないんですけど」

「そうなんですか。専門は？」

「声楽です」

「そうだったんですね。今度はぜひ、歌のほうも聞かせていただきたいわ」

ともあれ、結果的に好印象を与えることに成功したようだ。

スツールから腰を上げた鳴海が音喜多の隣に腰をおろし、対面に塔山が座る。

塔山の母親らしき女性がティーカップとティーポットを盆に載せて、部屋に入ってきた。

ピアノの演奏は娘によるものだと思っていたらしく、「刑事さんが弾いたの」と言われて目を丸くする。

「ごゆっくりどうぞ」

母親が笑顔で出て行った。完全に鳴海にペースを狂わされているが、相手が好意的なのはありがたい。

「久米さんが亡くなられたと聞いて、本当に驚きました」

塔山が揃えた膝の上に手を置き、悲しげに目を瞬かせる。

「塔山さんは、オーディション受験の際に久米さんに会われましたよね」

「ええ。関東フィルのヴァイオリン奏者の方々を前に演奏するので、すごく緊張していました。そのまま演奏を開始しようとしたら、久米さんから止められて、いったん深呼吸をしてみましょうかとおっしゃってくださったんです。あの一言で、私はリラックスして演奏することができました。結果は落選でしたけれど、悔いはありません」

「久米さんとの接触は、それきりですか」

「と、申されますと？」

塔山が首をかしげる。そのしぐさで、空振りを直感した。おそらく彼女はなにも知らない。

「オーディションの前後に、個人的に連絡があったとか、二人きりで会おうと提案されたとか」

「ないですないです」

塔山が大きくかぶりを振った。「二人きりで会ったりしたら、緊張して死んでしまうかもしれません。久米さんは私の憧れのヴァイオリニストなんです。大学の大先輩でもありますし。だから、関東フィルがヴァイオリニストをオーディションすると聞いて、すぐに参加を決めました。もともと受かるとは思っていなかったので、久米さんの前で演奏できただけで満足です」

記念受験というわけか。

やはり彼女は事件に関係していないようだ。

念のために、久米が殺害された日時のアリバイを訊ねると、この家で生徒にヴァイオリンのレッスンを行っていたそうだ。そのときの生徒は近所の主婦らしく、名前と連絡先もすらすらと出てきた。

　さらに嫌がらせ電話や無言電話が発信された時刻のアリバイも確認してみると、さすがにこちらは、すぐには思い出せないようだった。だがスマートフォンのスケジュール帳の記録から、事務局に電話があったときには、友人と高級ホテルでランチしていたことがわかった。友人の名前もすぐに出てきた。

　五反田という土地については、たぶん過去に一、二度下車したことがあるという程度の認識らしい。嘘を言っている印象はなかった。見るからに白金台のお嬢さまという雰囲気の彼女は、五反田の街のどこか猥雑《わいざつ》なイメージにもそぐわない。

「いましたね」

　塔山邸を後にしながら、鳴海が言う。

「なにが」

「集合住宅住まいです」

「おまえ、いつの発言に反応してるんだ」

　てっきり聞いていないとばかり思っていたが。

　鳴海がスマートフォンで捜査資料を開く。

「狭山泉美《さやまいずみ》。二十七歳。住所は江戸川区《えどがわく》中葛西《なかかさい》のリバーサイド葛西、二〇二号室。緊急連絡先として父親の名前が書かれていますが、父親の住所は浜松《はままつ》です。狭山はおそらく一人暮らしです」

「葛西から五反田へのアクセスはどうだ」

「四十分ぐらいかかりますけど、乗り換え一回で行けます。悪くはありません」

そっちを先にあたるべきだったかもしれない。

「今日はもう遅い。明日あらためて出直そう」

「じゃあ、焼き肉行きます？」

「行かない。楽しみは事件解決までとっておけ」

えーっ、と鳴海が不満そうに唇を尖《とが》らせる。

さっきおにぎり三個食べたくせに、どんな胃袋してやがる。

消化能力が衰えるいっぽうなのに、なぜかでっぷりと貫禄を蓄え始めた自分の腹を、音喜多は撫でた。

5

翌朝。

音喜多たちが狭山泉美の住まいに向かおうと大泉中央署の玄関を出たところで、「鳴海？」と声をかけられた。

　紺色の制服に身を包んだ一団から、ショートカットの女が駆け寄ってくる。女は横長のハードケースを提げていた。

　例によって怪訝そうに首をかしげる鳴海の二の腕を、女は笑いながらポンと叩いた。

「私だよ。冴島《さえじま》」

「椿《つばき》？」

「そうだよ。いい加減、同期の顔を覚えろよな」

　冴島はあきれたように笑い、音喜多のほうに向き直る。

「音楽隊の冴島椿です」

「捜査一課の音喜多です」

「鳴海。元気そうじゃん」

　冴島は鳴海の全身をしげしげと見つめる。

「椿もね。今日はどうしたの」

「大泉中央公園で防災フェア。ステージの時間まで署で待機させてもらうの」

「そうなんだ。頑張ってるね」

「好きでやってることだからね。年間百六十ステージもこなすと、ずーっとどこか行って演奏してる感じだけど、楽しいよ。っていうか鳴海、いい加減音楽隊に来なよ。ずっと待ってるんだからさ」

「行きたいんだけど」

鳴海の苦笑を初めて見た気がする。

冴島が鳴海の耳もとに顔を寄せ、ささやいた。

「いまのうちのボーカルより、あんたのほうが断然上手いって」

冴島が鳴海から離れた。

「いま刑事課だっけ？」

「そう。所属はここじゃなくて玉堤署だけど。今回は応援」

「応援？」と訊き返す声が笑いを含んでいる。気持ちはわからないでもない。むしろプライベートでの付き合いが深いほど、刑事としての鳴海の有能さは実感しづらいのではないか。

「今日、二回ステージあるから、もしも時間があるようなら、ちょっと遊びに来なよ。十一時と十六時。タイミングが合えば、隊長に紹介できるかもしれない。隊長のほうから働きかけて、音楽隊に引っ張ってもらおうよ」

「これから聞き込み――」

鳴海の肩に手を置き、音喜多は言った。

「いいじゃないか。その時間に戻ってこられるようにしよう。公園はすぐそこだ。顔を出すぐらい許されるだろう」

「じゃあ待ってる。あくまで捜査優先で、無理しないでいいから」

冴島は手を振りながら集団に戻っていった。

「同期なんだな」

「ええ。椿はサクソフォニストです」

鳴海が両手でサックスを吹く真似をする。

「へえっ。やっぱり音大出てるのか」

「いいえ。たしか一般大学出身で、サックスは趣味でやってたんじゃなかったかな」

音大出のソプラノ歌手がいつまでも刑事課に留められ、趣味で楽器をやっていたサックスプレーヤーが年間百六十ステージをこなすことになるとは、皮肉なものだ。

「十一時と十六時って言ってたな。十一時はさすがに無理だが、十六時なら間に合うかもしれない」

時刻を確認すると、いまは午前十時過ぎだった。

「でも大丈夫です。公務優先で」

「当たり前だろ」

そう答えはしたものの、なんとしても戻ってこようと、音喜多は思った。

最寄り駅から電車に乗り、何度か乗り継ぎを経て葛西に向かう。

およそ一時間で葛西に到着した。

狭山泉美の住まいであるリバーサイド葛西までは、スマートフォンの地図を見ながらおよそ七分で到着した。

リバーサイド葛西は四階建ての古いマンションだった。オートロックではなく、常駐の管理人もいないようで、狭山の住む二〇二号室の扉の前まですんなり到達することができた。

問題は狭山が在宅しているかだ。

昨日から何度か電話をかけ、留守電にメッセージも残したのに、反応はない。結局アポイントが取れないまま、自宅に押しかけるかたちになってしまった。

インターフォンの呼び出しボタンを押してみても、扉が開くことはなかった。

「留守か」

音喜多は舌打ちしながら扉の上の電気メーターを見上げた。勢いよく回転している。エアコンを点けっぱなしにしたまま外出しているのだろうか。あるいは居留守を使っているのか。後ろめたいことがなくても、一人暮らしの女性ならば男の訪問者は警戒するだろう。

もう一度呼び出しボタンを押し、呼びかけてみる。

「こんにちは。狭山さん、いらっしゃいますでしょうか。警察です」

返事はない。

「参ったな。ここまで来て会えずじまいか」

おかげで防災フェアには顔を出しやすくなったかもしれない。

「電話をかけてみたらどうですか」

鳴海が提案する。

「留守電も残してるし、あまり期待はできないと思うが」

スマートフォンで狭山の番号を呼び出し、音声発信した。

呼び出し音が続くだけだ。

やがて留守番電話サービスの音声が流れ始める。

「やっぱダメだわ」

「もう一度、かけてもらえますか」

「いや、無理だろう。そもそも気づいているなら折り返しが来る——」

「音が聞こえたんです」

「は？」

「この中から」

鳴海は二〇二号室の扉を指差した。

嘘だろ。

半信半疑で通話履歴から最新の発信を呼び出し、再度発信する。

受話口に聞こえるのは、呼び出し音だけだ。

だが「ほら、聞こえる」と鳴海が扉を指差すので、音喜多はスマートフォンをおろし、扉に耳をあてた。

本当に聞こえる。

かすかな振動音が、扉の向こうから。

スマートフォンに留守番電話サービスのアナウンスが流れ始めると、扉の向こうの振動音も止まった。

「いるな」

音喜多はふたたびインターフォンを鳴らした。扉の向こうから薄くチャイムが聞こえてくるが、万が一、インターフォンが故障している可能性も考え、こぶしで扉をノックする。

「狭山さん、いらっしゃいますか。警察です。少しお話うかがえないでしょうか。お時間とらせません」

粘り強く呼びかけてみたが、扉はいっこうに開かない。

すると鳴海がしゃがみ込み、ドアポストの蓋を開いて中を覗き込んだ。

「見えるか」

見えるはずがない。よほど古い建物でもない限り、ドアポストの向こうは郵便受けになっていて、部屋の中は見えないようになっている。

「見えません」

案の定だった。

だが鳴海は、思いがけないことを言った。

「でも臭います」

「臭う？」

「はい。なにか焦げたような臭いがします」

たしかに焦げ臭い。なんの臭いだ。普通に生活していて嗅ぐような臭いではない。

音喜多もしゃがみ込み、鳴海と同じことをした。

胸騒ぎがした。かりに狭山が不在でも、このまま立ち去るべきではない。

扉をこぶしで叩き、呼びかける。

「狭山さん。大丈夫ですか」

何度か扉を叩くうち、扉が開いた。

狭山が出てきたのかと思ったが、鳴海がノブを握っていた。ためしに引いてみたら、扉が開いたようだ。鳴海は自分でも信じられないという顔をしている。

「鍵、開いてます」

不法侵入などと言っている場合ではない。音喜多は鳴海に代わってノブを握り、大きく扉を開いた。

次の瞬間、部屋から煙があふれ出してきて、視界がいちめん白に染まる。

音喜多は右手で口を覆い、スーツの左腕で自分の目もとを覆った。

「なんだ、これは」

煙くて目が開けていられない。

隣では鳴海が激しく咳《せ》き込《こ》んでいる。

「バカやろ！　喉は商売道具だろうが！　離れろ！」

鳴海の腕をとり、部屋から離れるように廊下を誘導した。音喜多自身も激しく咳き込み、立っていられない。

廊下の先で扉が開いた。ほかの住人が様子を見に出てきたようだ。

住人が慌てて扉を閉める。

「危ないから中に入ってろ！」

懐からスマートフォンを取り出した。煙が目に染みて視界が霞《かす》む。

音喜多はぎゅっと目を閉じたり開けたりしながら、なんとか『1』、『1』、『9』をタップし、いまにも発信ボタンを押そうとした、そのときだった。

「煙は……収まってきています」

鳴海が咳き込みながら言った。

見ると、たしかに部屋からもうもうと吐き出されていた煙がなくなっている。部屋に充満していたぶんが排出されきったか。

「部屋の中を見てみましょう」

歩き出そうとする鳴海を制し、「おれが先に行く」と前に出た。ポケットからハンカチを取り出し、口を覆いながら二〇二号室に近づいていく。

おそるおそる覗き込んでみると、すでに煙はなく、部屋の突き当たりの窓まではっきりと見えた。

躊躇したが、土足のまま部屋に上がることにした。煙は消えても、焦げ臭さはいまだに残っている。

間取りは十畳ほどのワンルームのようだ。入ってすぐ左手に小さなキッチン、右には風呂とトイレの扉。風呂とトイレのスペースぶん、奥が広くなっているようだ。そこにシングルベッドが置いてある。

音喜多は息を呑《の》んだ。

ベッドの上には、女性が横たわっていた。彼女が生きていないのは、見た瞬間にわかる。

ほぼ全裸だった。だがもともと全裸だったわけではなく、衣類が燃えたせいで肌が露出したようだ。その肌も焼けただれていた。

遺体の周辺には、布の燃えかすのようなものが落ちている。

「カーテンをかぶせて火を点けたんじゃないでしょうか」

後から入室してきた鳴海は、恐ろしく冷静だった。

たしかに窓にカーテンがかかっていない。

「カーテンを助燃剤にしたということは、久米を殺したのと同じ犯人？」

「わかりません」

鳴海は遺体に歩み寄り、焼けただれた胸のあたりに指を添えた。念のために心臓が動いているか確認したようだ。死亡を確認し、遺体に合掌する。

それから部屋の中を見回した。

ヴァイオリンがスタンドに立てかけられており、ローテーブルには、譜面のほかに雑誌が置かれていた。駅前でよくホームレスが販売している雑誌だ。表紙のヴァイオリンを手に微笑んでいる若い男性は、きっとその世界では有名人なのだろう。

「カーテンを助燃剤に遺体を燃やそうとしたけど、部屋を閉め切っていたせいで酸素が足りなかったんでしょう。そのせいで炎上火災に至らず、不完全燃焼の煙が部屋の中に充満した。バックドラフトが起こらずに幸いでした。部屋の扉を開けた瞬間に酸素が供給され、炎が噴き出していた可能性もあります……音喜多さん？」

呼びかけられて我に返る。

鳴海の冷静さと洞察力に圧倒されていた。

「なんだ」

「大丈夫ですか」

「ぜんぜん大丈夫」

少し奇妙な返答になり、鳴海から眉をひそめられた。

「それなら、私は一一〇番に通報してきます」

「わ、わかった」

鳴海がスマートフォンを取り出しながら部屋を出て行く。

これでおそらく、今日は防災フェアに顔を出すことはできなくなる。

だが、それでいいのかもしれない。

こいつ、どう考えても刑事が天職だ。

第三章

1

マンションの遺体は狭山泉美だと特定された。

狭山の遺体は右側の頭頂骨が陥没しており、鈍器《どんき》のようなもので殴られたとみられる。首には、手で絞められたような圧迫痕《あっぱくこん》が残っていた。遺体の肺に煙を吸い込んだ形跡はなく、直接の死因は首を絞められたことによる窒息死。その点が一酸化炭素中毒死の久米充とは異なるが、カーテンをかぶせて火を点ける手口は共通している。

狭山が関東フィルのヴァイオリニストオーディションを受験して久米と接点を持っていたことからも、二つの事件は関連がある可能性が高いとみて、管轄の二つの署で合同特別捜査本部が設置されることとなった。

狭山の死亡推定時刻は、音喜多たちが訪問した前日の深夜十一時から翌午前一時までの間とみられる。マンションには防犯カメラが設置されておらず、被害者のスマートフォンの履歴からも、直前に誰かと連絡をとった形跡はない。

音喜多たちは、狭山の人間関係をあたることにした。

まず向かったのは、西葛西にあるスナック『みちこ』だった。狭山のスマートフォンを解析したところ、発着履歴にその店の番号が頻繁《ひんぱん》に登場したのだった。どうやら狭山はホステスとして働きながら、オーケストラ入団を目指していたらしい。

西葛西の駅を出て十分ほど歩いた雑居ビルの中に『みちこ』はあった。同じフロアにいくつもスナックの看板が並んだ、昭和の匂いを感じさせる古いビルだ。

カウンターが五席、テーブルが二台という、こぢんまりとした店だった。天井からミラーボールが吊《つ》り下《さ》がり、店の奥にはカラオケ機材が置いてある。

音喜多たちが扉を開けたとたん、カウンターの中にいたふくよかな女が「七時半」と無愛想に告げた。

午後三時過ぎだった。「七時半」というのは、開店時間だろう。きっと営業時間になれば、店は間接照明で薄暗くなる。いまはまだ、蛍光灯の白い光が壁のくすみを照らし出していた。

「先ほどお電話差し上げた者です」

音喜多は警察手帳を提示した。

「警察か。どうぞ」

女は布巾でグラスを拭き上げながら、カウンター席を顎でしゃくる。

「お忙しいところすみません。警視庁の音喜多と、こっちは鳴海」

「吉野《よしの》静江《しずえ》です」

「下の名前、『みちこ』じゃないんですね」

鳴海が素朴な疑問を口にする。

吉野はちらりと鳴海を見て、ふふっと肩を揺すった。

「『みちこ』って名前に憧れてたんだ。だから店の名前にした」

「静江も素敵なのに」

「あんた、警察のわりにおもしろい子だね」

またも気に入られたようだ。鳴海の人心掌握術の対象は、クラシック音楽愛好家限定というわけでもないらしい。

音喜多と鳴海はカウンター席に並んで座った。

「あの子が殺されるなんて信じらんないよ」

しばらくグラスを拭き上げ続けた後で、吉野が長い息を吐く。

「狭山さんは、この店でどれぐらい働かれていたのですか」

音喜多の質問に、吉野は虚空を見上げた。

「二年ぐらいかな」

そう言って煙草《たばこ》のパッケージを取り出し、一本を口に咥《くわ》える。

「吸っていい？」

「もちろんです」

百円ライターの石を擦り、煙草に火を点けた。

大きく吸い込んだ後で、鼻から煙を吐き出しながら言う。

「たしか、音大を出た後で不動産ディベロッパーに就職したんだよね。わざわざ音大出てそんな普通の会社に就職するのかって驚いたけど、そんなものらしいね。オーケストラに入りたかったけど空きすらないっていうんで、しかたなくそこに入ったんだと。しかたなく……って言っても、一部上場の有名な会社だけどね。入りたくても入れない人はたくさんいるようなところ。お給料もそれなりにもらってたみたい。でも、やっぱりやりたいことじゃなかったんだって。どうしてもプロオケマンになりたいからって、二年ぐらいで辞めちゃったらしいの、その会社。人によってはもったいないって言うんだろうけど、そういう価値観って結局、人それぞれじゃないの。たくさんお給料もらっても、やりたいことがやれない人生はむなしい……あの子はそういう子だったんだ。で、いろんなアルバイトを転々として、最終的にうちに流れ着いたってわけ。こういう店だから、うちは勤務時間に融通《ゆうずう》が利くのさ。オーディションとか、エキストラ……っていうのかい？　そういう予定が入ったときには休めるし、昼間の仕事よりは割りが良くて時給も高いから、ヴァイオリンの練習時間も捻出《ねんしゅつ》できるってんで」

「こちらで働きながら、オーディションを受けていたんですね」

「オーディションって言ってもめったにないから、そのために休みをとるってこともあんまりなかったけどね。ただ、エキストラには積極的に参加してたみたい。クラシックの世界も、そういうの、大事なんだってね、人脈とかさ。オーディションっていっても、結局知り合いを合格させる出来レースだったりするんだって。まあ、どんな世界も内情はそんなものだと思うから、汚いとかは思わないけど。とにかく誰かの紹介とか、そういうのでオーケストラに加入する人も多いからって、すごく頑張ってたね。とにかく人脈を広げて夢を叶えるんだ、チャンスをつかむんだ……ってさ。本当に頑張ってたんだ。それなのにあんまりだよ」

　吉野は悲しそうに目を伏せた。

「最近の狭山さんの様子で、なにか変わったところはありませんでしたか」

「とくには……いつも通りだったと思うけど」

「関東フィルのオーディションの結果が不合格で、落ち込んでいたと思われるのですが」

「かりにそうでも、お店では明るく振る舞ってた。そういう子なんだよ、あの子は」

「オーディションの結果について、話したりすることは？」

「最初のほうは訊ねたりしてたけど、ほら、落ちてたらこっちもどう慰めていいか考えちゃうじゃない。なにしろここでずっと働いてるってことは、合格してないってことなんだから。だからなるたけ触れないようになった。お客さんなんかは、お酒も入ってるし、無神経に訊ねたりとかしてたみたいだけどね。オーケストラ入団を目指しているっていうのは、お客さんには話してたから。音大出のヴァイオリニストなんて、お嬢さまっぽいから客受けがいいんだよ。親爺《おやじ》はみんなお嬢さまが好きなんだ。あの子は否定してたけどね、私はお嬢さまなんかじゃありません……って。たしかにお嬢さまなら、こんな店で働く必要ないよね」

ステンレスの丸灰皿を取り出し、煙草の灰を落とす。

「狭山さんを贔屓にしていたお客さんの名前など、わかりますか」

「ミサト……あ、あの子はこの店じゃミサトっていう名前だったんだけど、とくにミサトだけを贔屓にしてたっていう人はいないけど、うちのホステスみんなをかわいがってくれてた常連さんならいるわよ。桑原《くわはら》さんっていう、金型作ってる会社の社長さん。うちの子たち、けっこうあの人にいろんな相談に乗ってもらってたから、私よりも詳しいかもしれない」

「その方の連絡先はわかりますか」

「もちろん。電話してみる？」

「ぜひお願いします」

吉野がスマートフォンを取り出し、電話をかける。全体がラインストーンで装飾された、派手なスマートフォンだ。

「あ、もしもし。桑原さん？　私です。ミチコ。違うわよ、誰と勘違いしてるの。スナック『みちこ』のミチコです。そうなの……本当に、信じられない。いまでもなにかの間違いじゃないかって思う」

吉野の声が湿っぽくなる。狭山のことを話しているのだろう。

「いま警察が来ていて、桑原さんに話を聞きたいんだって……うん……うんうん……わかった。じゃあそういうふうに伝えておく」

通話を終えた吉野が、こちらを見る。

「これから大事な商談が控えているから、後でうちに来るって」

「うちというのは、このお店ですか」

音喜多はカウンターを指差した。

「そう。いつも開店直後から居座ってるし、そんなに遅くならないと思う。それでいい？」

「はい。ありがとうございます。開店は七時でしたっけ」

「七時半」

「では七時半に出直します」

行こう、と鳴海に目顔で告げる。

「営業時間に来るんだから、チャージは払ってもらうわよ」

吉野はたくましい商魂を覗かせながら、刑事たちに小さく手を振った。

「聞き込みにチャージか……今月きついんだけどな」

廊下を歩いてエレベーターに向かいながら、音喜多は髪の毛をかく。

「経費で落ちませんかね」

「さすがに無理だ」

「じゃあ私だけ外で待ってるので、音喜多さん一人で行ってください」

「なに言ってんだ。職場放棄する気か」

「でもお金ないです」

エレベーターの前に立ち、下降のボタンを押す。箱がのぼってきたままの状態で止まっていたのか、すぐに扉が開いた。

箱に乗り込み、『閉』ボタンを押して、また髪をかきむしる。

「……わかったよ。おまえのぶんもおれが出す」

「なら行きます。ちょっと楽しみになってきました」

なんなんだ、こいつ。

エレベーターが一階に到着し、二人は雑居ビルを出た。

「さあ、開店までどうすっか」

現時点で狭山の人間関係については、勤務先のスナック以外にわかっていない。スマートフォンの履歴を見る限りでは、頻繁に連絡を取り合っていた友人はおらず、勤務先のスナックか、いくつかのオーケストラの事務局との発着履歴が残されているだけだった。オーケストラとの履歴は、エキストラとして参加した際にやりとりしたものだろう。そのときの模様などを聞き込みに行くのも手だが、三時間後には戻ってくる必要がある。そうなると時間的に微妙だ。

すると、鳴海が信じられない提案をした。

「カラオケ、行きません？」

「は？」

「調べたら、西葛西駅と葛西駅の周辺にそれぞれいくつかあるんです。時間を潰すには最適だと思いますけど」

吉野と話している間、ずっとスマートフォンをいじってると思ったら、そんなことを調べていたのか。

「おまえ、なに考えてるんだ」

「なにって、狭山泉美の周辺を調べるんですよね」

「は？」

「へ？」

　間抜けな声を出し合った二人は、しばし互いの顔を見合った。

2

「あーはいはい。知ってます。よくいらしていました」

　髪をツンツンにした若い男の反応を、音喜多は唖然としながら眺めた。

「この女性が？」

　鳴海が念を押すように、スマートフォンの画面を男に近づける。男は画面を一瞥《いちべつ》し、自信たっぷりに頷いた。

「はい。泉美さんっすよね。近くにあるよそのチェーンだと、楽器演奏禁止で門前払いを食らったって文句言ってました」

　間違いない。カラオケ店員の男が言っているのは、殺された狭山泉美のことだ。

　カラオケが時間を潰すには最適だと言われたときには頭に血がのぼったが、鳴海の意図は別にあった。

　狭山はマンションで一人暮らしだった。建物は古く、遮音性も高いとは思えないあの部屋で、ヴァイオリンを弾くことはできない。ヴァイオリン専用の練習スタジオもあるにはあるが、一回の利用で数千円かかるらしい。被害者の暮らしぶりを見る限り、頻繁に利用するのは難しかっただろう。

だからカラオケだったのだ。カラオケであれば大きな音を出すことができるし、狭山が比較的時間が自由に使えたであろう昼間ならば、料金も安い。平日であればフリータイム制の店も多く、数百円で何時間も居座ることができる。できるだけお金を使わずに長時間ヴァイオリンを練習したい演奏家には、うってつけの場所らしい。

最初の二店舗は空振りだったが、三店舗目でついにヒットした。

被害者はカラオケでヴァイオリンを練習していた。

「どのぐらいの頻度でいらしてたんですか」

鳴海が訊いた。

「どのぐらいっていうか、もう本当に毎日っていう勢いですよ。来ない日のほうが少ないんじゃないかな」

「ヴァイオリンを弾いてたんですよね」

「そうです。歌ってるところは見たことないです。ずーっとヴァイオリン弾いてました。そんな人あまりいないし、最初はびっくりしたけど、プロのオーケストラを目指してるって聞いて、納得しました。おれも役者目指してるんで、夢を追いかけてる人を見ると、応援したくなっちゃうんです」

そこまで自分のことを話していたのか。

「狭山さんとは、けっこうお話しされていたんですか」

鳴海がスマートフォンをしまう。

「毎日いらっしゃいますからね。しかもヴァイオリン弾いてるし、それがめちゃめちゃ上手いから、ドリンク持って行ったときに、すごく綺麗な曲ですね、とか話しかけたのがきっかけかな。いろいろ話をするようになりました。ドリンク持って行くときとか、会計のときとかにちょっと世間話するぐらいなんで、長時間話し込むとかはないっすけど」

「オーケストラのオーディションを受けるとか、そういった話を聞いたことは」

「ありますあります」

即答だった。

「今度オーディション受けるんだー、マジすか、受かるといいっすねー、みたいな話は、よくしてましたよ。どうせ無理だよーって、よく笑ってましたけどね。どうせ出来レースだしーみたいな」

「出来レースと言っていたんですか」

「それはすごい愚痴ってました。表向きは開かれたオーディションってことになっているけど、合格するのは結局オーケストラの偉い人の知り合いだとか。やっぱどこでもそういうのあるのかなーって思いながら聞いてました。役者の世界でも多いですからね、そういう話」

「最近もしてましたよ。オーディションに受かった女の演奏を聴いてみたら、自分のほうがぜんぜん上手かった。変だなと思ったら、コンマスの愛人だって聞いた……って。汚いなと思いました。クラシックってそういうイメージなかったけど、でも上品ぶってても人間ですもんね、そういうものかあ……って」

「いま、コンマスの愛人だと『聞いた』とおっしゃいましたね」

音喜多は思わず身を乗り出した。「それは間違いないんですか。内情を知っている誰かから聞かされた、という解釈で」

「おれはそう思いましたけど……でもわかんないっすよ。泉美さんがそういうふうに言ってただけで、実際のところはどうなのか。ただおれは、泉美さんがこう言っていた、って言ってるだけです」

「それでかまいません」

「なら、そう言ってました。オーディションに受かったのは、コンマスの愛人だって『聞いた』って」

「誰から聞いたか、わかりませんか」

その質問をしたのは、鳴海だった。

「そこまではちょっとわかんないっす。ただ、そのときのオーディション受けた後は、めちゃくちゃ上機嫌でした。これまで見たことないぐらいテンション高くて、相当手応えあったんだろうなって思ってました。もしかして、なんかコネでもできたのかなとか、邪推しましたけど。あの人、ずっと言ってたんです。オーディションといっても結局コネがものを言う世界だから、コネをつかんだ者勝ちだって。コネを作るためにいろいろ頑張ってたんでしょ？　それが実ったのかと……でも落ちちゃったんですよね。ってことは、違ったのかもしれません」

　そこまで言って、男が眉をひそめる。

「っていうか、泉美さん、なにかしたんですか」

　その店を出た後も、近辺の数店舗に聞き込みをしてみたが、狭山の顔写真に反応する者はいなかった。狭山は一軒の店に通い詰めていたらしい。

「何者かが狭山に久米の悪評を吹き込んでいた……ってことだよな」

　音喜多がいつもより早足なのは、スナック『みちこ』の開店時刻を過ぎてしまったせいだった。三時間の空白ができたときにはどうやって時間を潰そうか途方に暮れたが、結果的に思っていた以上の収穫があった。足取りは軽い。

「狭山がカラオケ店員に本当のことを話していれば、という前提ですけどね。オーディションの公平性にかねてから疑念を抱いていたようだし、いろいろ認知が歪んでしまっている可能性も高かったと思います。それどころか、完全な虚言だったかもしれない」

「わかっている。だがもしも狭山の話が事実なら、関東フィルの関係者の誰かが、狭山とつながっていたと考えられる」

「はい。その人物は、オーディションの結果は公正な審査によるものではなく、久米が愛人関係にある森田を推薦した結果だったと、狭山に伝えた」

「もとから選考過程に疑念を抱いていた上に、その情報をもたらしたのが関東フィルの関係者だったとなれば、狭山は疑うことなく受け入れただろうな。そして事務局に告発の電話をする」

「でも事なかれ主義の楽団長は、その告発を握りつぶした。狭山の怒りはコンマスである久米と、合格者である森田に向けられる」

　そして一方的な怒りを募らせた狭山は、久米殺害に至った。

「関東フィルの誰かが狭山に情報を提供したのなら、なにが目的だ」

　告発の意図があるのなら、マスコミにでもリークすればいい。オーディションのいち参加者に情報を漏らす意味がわからない。

「狭山をそそのかして、久米を殺させたかった……とか？」

「さすがに無理筋だろう。事務局への告発までは予想できても、殺人にまで及ぶなんて、普通は考えない」

「そっか」

鳴海は肩をすくめた。

「情報提供の意図はともかく、どこでつながった？」

「エキストラじゃないでしょうか」

「それだ」と、音喜多は指を鳴らした。

「狭山はオーケストラ入団にはコネが重要だと信じていて、人脈を広げるためにさまざまなオーケストラにエキストラ参加していた」

「関東フィルにも参加して、関係者と知り合ったのかもしれません。知り合った時期はおそらく、ヴァイオリニストオーディションの前」

はっとした。

カラオケ店員の話によれば、前回のオーディション後、狭山は非常に上機嫌だった。

「コネのおかげで合格を確信していたんだ」

「でも、結果は不合格だった」

「その理由として、久米と森田の愛人関係を告げられた。だが実際には、久米と森田の間に不倫関係はなかった。なぜそんな嘘をつく必要が？」

「わかりません。いずれにせよ、狭山に情報提供した人物は、関東フィルの中でもそれなりに影響力を持つ人物だと考えられます。あるいは、外から見てそれだけの影響力を行使できるように見える人物」

真っ先に浮かんだのは、楽団長の赤坂の顔だった。だが決めつけるのは早い。

「いろいろと見えてきたな」

二人はスナック『みちこ』の入った雑居ビルにふたたび足を踏み入れた。

3

音喜多たちがスナック『みちこ』の扉を開いたのは、営業開始時刻を十分ほど過ぎたころだった。

日中とは違って照明を落とした空間には、うっすらとジャズが流れており、淫靡な雰囲気が漂っている。

「あら、早かったわね。いらっしゃい」

カウンターの向こうで笑顔を浮かべる吉野も、濃いメイクを施して別人のようだ。

店内には先客が一名と、その隣で露出の多い服を着た若いホステスが、水割りを作っている。

「桑原さん。刑事さんたち」

吉野に声をかけられ、先客が顔を上げた。彼が桑原らしい。顔の下半分にひげをたくわえ、薄い髪をべったりと後ろに撫でつけている。ダブルのジャケットの下に着たシャツが、でっぷりとした腹に引っ張られていまにもはち切れそうだ。

「どうも。桑原です」

桑原は小さな目を細め、人なつこい笑みを浮かべた。

「お楽しみのところすみません。警視庁の音喜多と、玉堤署の鳴海です」

「いやいや。ミサトちゃんをあんな目に遭わせた犯人を、一刻も早く捕まえてほしいですから。私で力になれるのならなんでもやります。ユミちゃん、ちょっと席を外してもらえるかな」

桑原に言われ、隣に座っていた若い女が席を立った。

空いた場所を、桑原がポンポンと手で叩く。

「どうぞ。こちらに」

「失礼します」

音喜多が足を踏み出そうとすると、手の平を向けられた。

「できれば、そっちのお嬢さんが隣のほうがいいな」

「いや。それは……」

「あれ、おれの話、聞きたいんじゃないの」

このスケベ親父が。

音喜多はぎゅっとこぶしを握り締めたが、鳴海は「じゃ、お邪魔しまーす」と桑原の隣に座ってしまった。

「お嬢さん、話がわかるね」

桑原がポンポンと鳴海の膝を叩いた次の瞬間、「痛たたた……」と悲鳴を上げた。

鳴海が桑原の腕をひねり上げていた。

「当店はお触り禁止でーす」

「わかったわかった。ごめん！　悪かった！」

解放された桑原は怒り出すかと思ったが、「強いね、お嬢さん」と感心している。またも初対面で好印象を与えるのに成功したらしい。彼女には人を魅了する不思議な力があるようだ。

そして、音喜多が考えるより、したたかなのかもしれない。

音喜多は桑原とローテーブルを挟んだ対面に座った。

「みちこママから、桑原さんがこの店の女の子全員の相談に乗ってあげているとうかがいました」

「ママがそんなこと言ったの？」

桑原はまんざらでもなさそうにカウンターのほうを見る。

「この店の子たちのことは、よく知ってるかもしれない。なにしろ毎日のようにここに入り浸ってるから。この店の家賃、ほとんどおれが払っているようなものじゃないの」

「大家さんの口座番号教えるから、今度から直接振り込んでくれる？」

ママに茶々を入れられ、桑原は破顔した。

「こりゃ参った。完全な金づる扱いか」

「そんなことありませんよ。桑原さんには本当に感謝しています。いつもありがとうございます」

吉野がしずしずと頭を下げた。

「ともかくそんな感じで、ほかに行くあてもなくここで飲んでるから、女の子たちからいろいろ話を聞かされるんだ。彼女たちからすれば、下手したら自分のお祖父《じい》ちゃんより年上だから、警戒しなくていいんだろうね」

少しは警戒してほしいんだけどと、恨めしげにカウンターのほうを見やる。

「狭山さん――ミサトさんからも、相談を受けたりすることはありましたか」

「あった。彼女、プロオケ目指してただろう。クラシック音楽家なんか、実家が金持ちで、親から支援を受けていたりする場合がほとんどじゃない。十代のころから海外に留学させてもらったりさ。彼女の場合はそうじゃないから、このまま続けていって大丈夫なのかって悩んでたみたい。大変だったと思うよ、音楽で身を立てるっていうのはね」

水割りのグラスに口をつけながら、しみじみとした口調だった。

「ミサトさんは関係者とのコネ作りのために、エキストラでいろんなオーケストラに参加していたようですが」

「知ってる。どんな業界だって人のつながりが大事だよという話を、彼女にしたことがある。コネだとか出来レースだとか言うと聞こえが悪いけど、あらかじめ人となりを知っているっていうのは、なんだかんだ強いからね。いくら技術があっても、知らない人と仕事をするのは不安も大きいじゃない」

「彼女がオーケストラの関係者と実際にコネを作った、という話を聞いたことは？」

「それは聞いたことがない。なかったんじゃないかな。もしもコネがあったら、オーディションに受かっているはずでしょ」

関東フィルの関係者とのコネについて、狭山は話していなかったようだ。

あ、でも、と桑原がなにかを思い出したようだ。

「最近、彼氏でもできたんじゃないかと思ってたんだ」

「なぜですか」

「オーディション不合格の残念会っていうか、元気出してもらおうと美味しいもの食べに行こうって同伴に誘ったら、断られちゃったんだよね。前はそんなことなかったのに。言っちゃ悪いけど、ここで働く以外は、寝てるかヴァイオリンの練習してるかっていう生活だから、エキストラの公演とか、オーディションの予定とかぶりでもしない限り、おれの誘いを断ることなんてなかったんだ」

本当だろうか。しつこく口説いたから敬遠されただけじゃないか。

そう思ったが、横から「それ、私も思った」と声が飛んできた。

さっきまで桑原の隣に座っていたホステスだ。たしかユミと呼ばれていた。

「ミサトちゃん、彼氏できたんじゃないかって」

「どうしてそう思われたのですか」

音喜多は訊いた。

「一度、電車で一緒になったことがあって、そのとき、楽器も持たずにおめかししてたんです。どこ行くの？　って訊いたら、五反田……って」

「本当ですか」

音喜多の勢いに、ユミがぎょっとして顎を引く。

「はい。五反田なんてなにしに行くの……って訊いたら、友達が住んでるから遊びに行くって。でも直感だけど、あれは友達に会いに行く雰囲気じゃなかった」

腕組みをするホステスに、常連客が小さく笑う。

「ユミちゃんの直感じゃ、あてにならないよなあ」

「なにそれ。桑原さんだってミサトちゃんに彼氏ができたと思ったって言ったじゃない」

「だから自分の直感にも、自信なくなっちゃったんだって」

「ひどい」

いまの発言を聞いていたか？　という感じで、音喜多は鳴海を見た。

その瞬間、頬が強張《こわば》る。

「鳴海。まさかおまえ、水割り飲んじゃった？」

鳴海の前のローテーブルには、空のグラスがあった。さっきまで桑原が飲んでいた水割りのグラスだ。

「あらら、若いお嬢さんと間接キッスしちゃった」

桑原が手を口にあてておどける。

「キモい、桑原さん」

ユミと吉野が笑っている。

「キモいって……おれが酒を勧めたわけじゃないのに。お嬢さんが水と間違えて飲んじゃっただけ」

そこで桑原は、異変に気づいたようだ。

「きみ、大丈夫？　具合悪いの？」

鳴海は完全に目が据わっている。誰の呼びかけも耳に入らない様子で、じっと一点を見つめていた。

「刑事さん。その子、もしかしてお酒飲めないの」

カウンターから吉野の気遣わしげな声。

「いえ。強くはないけど、飲めないわけではないと思います」

「でも顔色悪いよ。気分悪いんじゃないのかい。お嬢さん、大丈夫？　吐きたくなったら我慢しなくていいんだよ」

桑原が鳴海の背中を摩《さす》る。

「ユミちゃん。その女の子、トイレ連れてってあげたら？」

「はあい」

ママに言われ、ユミが動き出そうとしたそのときだった。

「なに気安く触ってんだ！　このセクハラ親父！」

鳴海が桑原の手をはたき落とした。

桑原とユミが硬直し、音喜多は頭を抱える。

「鳴海。市民にたいしてその口の利き方はないぞ」

「うるさい！　このモジャモジャ！」

音喜多は閉口しながら、モジャモジャ頭をかきむしる。

「お嬢さん、どうしちゃったの」

「だからおまえは黙ってろっての！　っていうか、お嬢さんって呼び方がまずキモい。私には鳴海桜子って名前があるの。お嬢さんなんて呼ぶな」

桑原の救いを求める目が、音喜多を向く。

「すみません。こいつ、極端な絡《から》み酒《ざけ》なんです」

「誰が絡み酒だって？」

三白眼《さんぱくがん》で睨みつけられた。

「そうだったんですね。刑事さんって、ストレスすごそうだもんなあ」

あはは、と、桑原が乾いた笑いを漏らす。

「あんたみたいな、相手が自分より若い女と見るや、上から目線で接してくるえらそうなクソマチズモマウンティング親父のせいでな」

「すみません」

桑原はすっかり怯えてしまったようだ。

「鳴海。言い過ぎだぞ」

「モジャモジャは黙ってろ」

「そうはいかない。警官が市民を恫喝《どうかつ》するところを、黙って見てるわけにはいかんだろ。桑原さんがクソマチズモマウンティング親父なのは否定しないが、おまえのストレスがよくないかたちで表出しているのは間違いない」

「なんだと」

ソファから腰を浮かせた鳴海が、ネクタイをつかんでくる。

「いろいろ溜《た》まってんのはわかる。おまえは刑事やりたくてやってるわけじゃない。だからって、誰かれかまわずつっかかるのは感心しない」

しばらく音喜多に酒臭い息を吐きかけていた鳴海が、ソファに座って手を振った。

「ならどうすりゃいいんだよ！」

「歌でも歌えばいいだろ」

音喜多は隅のほうにあるカラオケの機材を目で示した。

「本当は歌いたいのに我慢してるから、そんなになっちまうんだろ。なら歌えばいい。幸い、ここは大声を出しても平気な場所だ」

鳴海がカラオケ機材を見つめる。

「歌ね。いいじゃない。お嬢さ……いや、鳴海さんの歌、ぜひ聴いてみたい」

桑原が手を叩いた。

「よし。わかった」

鳴海が自分の膝を打ち、立ち上がる。

「どうする？　おれと『ふたりの愛ランド』でもデュエットする？」

「するわけないだろ」

桑原の提案を即却下し、カラオケ機材の前に移動した。

「なに歌います？」

ユミがデンモクを手にしている。

「モーツァルト」

「は？」

「いいよ、アカペラで」

鳴海が手をひらひらさせながら、カラオケ機材の前に立った。

ユミが差し出してきたマイクを「いらない」と押し返して拒否し、軽く手を上げた。

「鳴海桜子、歌います。曲はモーツァルトの魔笛から『夜の女王のアリア』」

「よっ。桜子ちゃん。頑張って」

拍手をする桑原たちは、鳴海からどんな声が出てくるのか予想もできないだろう。

彼らの反応を想像し、音喜多は笑いを嚙み殺す。

両手を身体の前で重ねた鳴海が歌い出した。

その瞬間、全身の産毛が逆立った。

二年ぶりに聴くが、まったく衰えていない。むしろすごみを増しているのではないか。人間から出ているとは思えない高さの透き通るようなソプラノヴォイスが、薄暗い店内に響き渡る。この広さなら、隅々にまで声を届けるのに、マイクなど必要なかった。

歌い終わるまで三分と少し。

その間、誰も微動だにしなかった。

鳴海がぺこりと頭を下げ、自分の席に戻って即、いびきをかき始める。

誰も口を開かない。

薄く流れるジャズが、沈黙を埋めていた。

やがて桑原の信じられないという顔が、ゆっくりと音喜多を向く。

「刑事さん。この子、いったい……」

「本業は警察音楽隊の歌手です。いつかステージを観に行ってやってください」

音喜多はそう言って、酔い潰れた鳴海を抱き起こした。

第四章

1

翌日、音喜多と鳴海は横浜に降り立った。

カルテットのメンバーである森田杏に話を聞くためだ。森田は横浜、山手の実家で両親とともに暮らしているらしい。

「ちょっと待ってください」

後ろから聞こえる鳴海の声が、いつになく弱々しい。

「音喜多さん、歩くの速すぎません？」

「おまえが遅すぎるだけだ。歩幅狭すぎだろ」

「だって速く歩くと頭にぐわんぐわん響くんです」

「これに懲りて今後は酒を控えるんだな」

「お酒を飲んだつもりはなかったんですけど」

鳴海の歩みが遅いせいで、十五分の道のりに三十分かかった。

森田の家は、山手の高級住宅街の坂をのぼり切ったところに建っていた。このあたりには、一九二〇年代から一九三〇年代にかけて、西洋の外交官が使用していた邸宅が多く残っており、異国情緒あふれる町並みが広がっている。森田の家はそんな風景に溶け込む、洒落た洋風建築の一戸建てだった。関東フィル入団まではカフェでアルバイトしていたと語っていたが、その意味合いは、殺された狭山がスナックで働いていたのとはだいぶ異なるようだ。

インターフォンの呼び出しボタンを押して玄関チャイムを鳴らすと、五十代ぐらいの女が現れた。森田の母親かと思ったが、お手伝いさんだった。

応接間に通される。

「お嬢さまを呼んで参りますので、しばらくお待ちください」と、お手伝いさんが部屋を出て行く。

森田杏がやってきたのは、それからおよそ三分後だった。長い黒髪にノースリーブのワンピースという、本当にお嬢さま然とした服装だ。

「お休みのところすみません」

音喜多は座っていた椅子から腰を浮かせた。

「いいえ。どうぞ。お楽になさってください」

会うのが二度目だからか、森田は以前よりリラックスした雰囲気で、柔らかい笑みを浮かべている。

「事務局に問い合わせたところ、今日はお休みだとうかがいました」

「ええ。目白のスタジオではリハーサルが行われていますが、私は次の地方公演には参加しませんので。演目があまりおもしろいと思えなくて」

「楽団員がすべての公演に参加するわけではないのですか」

「曲によって必要とする楽器が異なりますので。大編成のときには全員参加した上でエキストラに参加してもらったりしますが、小編成の場合には立候補制というか、持ち回りになります」

「なるほど」

たしかに曲によって必要な楽器と、その数も変わってくる。

「今日はどのようなご用件で？」

「どうしても確認したいことができまして」

森田が音喜多の横を通過し、椅子を引いた。

「鳴海さん。眠そうですね」

鳴海は丸いテーブルに肘をつき、顔の半分を手で覆っていた。目を閉じ、身体全体が芯を失ったように不安定で、いまにもテーブルに突っ伏してしまいそうだ。

「眠いんじゃなくて、頭が痛いんです」

「具合、悪いんですか」

森田が心配そうな顔になったので、音喜多が説明した。

「平気です。ただの二日《ふつか》酔《よ》いなので、心配しないでください。っていうか鳴海、しゃきっとしろ」

肩を軽く小突いたら、ぐらりと倒れそうになる。

なんとか持ち直して戻ってきたが、起き上がりこぼしのように惰性で揺れていた。

「鳴海さん、お酒好きなんですか」

森田の口調は少し意外そうだ。

「嫌いです。二度と飲みません」

テーブルに頬杖をついたまま答える。

「すみません」

音喜多が代わりに謝った。

「いいえ。お気になさらないでください。辛《つら》いですよね」

森田は二日酔いの刑事をいたわり、こちらを見た。

「確認したいこと、というのは？」

部屋の扉が開いて、会話が中断する。

先ほど出て行ったお手伝いさんが、盆にカップを載せて入ってきた。

来客の前にカップを並べていく。

コーヒーだ。

「二日酔いに効きますよ」

お手伝いさんがにこりと笑い、去って行く。

鳴海は自分の口をカップに近づけるようにしながら、コーヒーを啜《すす》った。

「行儀悪いな」

音喜多は苦虫を嚙み潰したような顔をし、森田が笑う。

「ごめんなさい。音喜多さんと鳴海さんって、仲の良いきょうだいみたいだな……って」

「きょうだいっていうより、親子だと思いますけど」

二日酔いでも減らず口を叩く余裕はあるようだ。

横目で鳴海を一瞥し、仕切り直した。

「確認したいことというのは、亡くなられた久米さんと、森田さんとのご関係です」

「久米さんと？」

「嫌がらせの電話をかけてきた人物は、森田さんが久米さんと不倫関係にあったと思っていたようですが」

「はい。事実無根です。まったく心当たりがないので、どうしてそんなことを言われなければならないんだと悲しくなりました」

「そうですか……久米さんから関係を迫られたことはなかった？」

「ありません」

「一度も、ですか」

「はい。一度も、です。ありません」

森田はきっぱりと断言した。

表現を変えて質問してみる。

「では、久米さんからのアプローチはなかったとして、そういった関係になった……ということは？」

森田の眉がかすかに歪む。

「どういう意味ですか」

「まあ、つまり、その……」

音喜多が言葉を選んでいると、ふいに鳴海が口を開く。

「一回だけやった、とか」

森田の顔色が変わった。

鳴海は森田のほうを見ずに、両手でカップを持ったまま言う。

「久米さんから迫られるとかはなく、むしろ森田さんから望んで関係を持ったことはなかったのか。あるいは交際はしていないけれど、一回だけお酒の勢いで関係を持った。そういうことがあったのではないかと、音喜多さんは言いたいのだと思います」

最後の責任転嫁は余計じゃないか。

「音喜多さんは、私を怒らせたいのですか」

森田の白い額に、血管が浮き上がっている。

「いいえ。けっしてそういうわけでは――」

またも鳴海が割って入ってくる。

「嫌がらせ電話の犯人は、お二人の関係に確信を抱いているようでした」

「犯人がわかったんですか」

森田の質問には答えず、鳴海は問わず語りのような口調で続ける。

「少なくとも犯人の中では、お二人の関係が既成事実となっていたようです。根拠のない言いがかりや憶測だと、少なくとも犯人自身は考えていなかった。ですから犯人が曲解にしろ拡大解釈にしろ、そう考えるに至る原因があったのではないかと、音喜多さんは考えたのだと思います」

だから責任転嫁するなって。

おそるおそる森田に視線を戻した。

思わず逸《そ》らしたくなるような真っ直ぐな眼差しが、音喜多を捉えている。

「火のないところに煙は立たないから、煙ぐらいはあったのではないか……そういうことですね」

「はい」と答えたのは鳴海だった。

森田は唇を引き結んだ。

「でしたらはっきりと申し上げておきます。私と久米さんの間には、後ろめたい事実はいっさいありませんでした。久米さんから関係を迫られたことも、私から誘ったこともありませんし、二人きりで食事することすらありませんでした。もしも久米さんから食事に誘われていたら、応じたと思います。それ以上の関係を望まれたら……そうなってみないとわかりませんが、もしかしたら応じたかもしれません。私にとって憧れのヴァイオリニストですし、尊敬すべきコンマスですから。だけど久米さんはそういうことをする人ではありませんでした。そういう久米さんだからこそ、私は憧れたのです」

森田はテーブルの上に自分のスマートフォンを置いた。

「もしもお疑いなら、このスマホの中身を確認してもらってもかまいません。久米さんとのＬＩＮＥのやりとりは、リハーサルの日時の確認などの事務的なものしかありません」

音喜多は両手の平を見せた。

「わかりました。そこまでおっしゃるのでしたら、森田さんの言葉を信じます。スマホをしまってください」

「自分から出すってことは、見られてまずいものは消去済みでしょうしね」

「鳴海。具合悪いなら少し黙ってろ。どうぞ、森田さん。しまってください」

森田はなおも納得いかなそうだったが、やがてスマートフォンを下げた。

「もしも煙があるとするなら、それはたぶん、私の演奏技術が拙《つたな》いという一点だと思います。私だって自分が受かると思っていなかったし、いまでも自分が関東フィルにいていいのか悩みます。でも、オーディションに受かったのは私です。選ばれたことを誇りに、関東フィルに相応《ふさわ》しいヴァイオリニストになるために頑張るだけです」

「森田さんの技術は、拙くありません」

鳴海の呟きに、森田が弾かれたように振り返る。

鳴海はカップに話しかけているかのように、訥々《とつとつ》と言葉をこぼした。

「森田さんが加入してからの関東フィルのコンサート映像を、動画サイトで見ました。アンサンブルの一部として上手く溶け込んでいたと思います。演奏には、ソロで映える演奏と、アンサンブルで機能する演奏があります。もちろん、プロならどちらも人並み以上の高いレベルにあるべきですが、それでも高いレベルなりに、得意分野がある。森田さんのヴァイオリンはたぶん、ソロで聴いたら少し物足りないのかもしれない。それは几帳面《きちょうめん》だったり、控えめな性格が反映されているせいかもしれません。音には性格が出ますから。

ソリストとしては正直物足りない部分がある。でもアンサンブルの一部になったときには、完璧に機能する演奏だと思いました。人の音を聞いて、人に合わせる。自分よりも他人を引き立てる。そんな演奏です。だから、ほかの受験者の演奏がどうなのかわからないけど、森田さんの技術が関東フィルに相応しくないとは、まったく思いません。森田さんは自分の力で合格を勝ち取ったと思います」

　森田は目の端に浮いた涙を指で拭った。

「ありがとうございます。すごく嬉しい。でも、できればもっとしゃきっとしてるときに言ってほしかったです」

「ごめんなさい。頭が痛くて」

　鳴海はいまや、テーブルに顎を載せていた。

　森田の表情に明るさが戻る。

　音喜多は内心で安堵しながら、頭を下げた。

「疑ってしまい、すみませんでした」

「言っておくけど、疑ってたのは音喜多さんだけですから」

「おまえ、そういうこと言わなくても……」

　森田がふたたび笑う。

「やっぱりお二人、仲が良いですね」

だとよ、という感じで隣を見ると、鳴海は半眼の状態でぐったりしている。

音喜多は鳴海の肩を叩き、立ち上がった。

「今日はお休みのところ、ありがとうございました。ぶしつけな質問をしてすみません」

「いいえ。お仕事でしょうから。私も感情的になって、申し訳なかったです」

「もしも、またなにかありましたら、お話をうかがうかも――」

「そうだ。忘れてた」

森田がなにかを思い出したようだ。

「どうなさいました？」

「音喜多さんたちがいらしたら、話そうと思っていたことがあるんです。何日か前、スタジオでのリハーサルを終えて目白から帰る途中で、久米さんのお子さんから声をかけられました」

「太陽くん、ですか」

名前を思い出しながら言った。久米の一粒種《ひとつぶだね》で、さらさらの髪をした運動の得意そうな少年だ。

「そうです。太陽くん。久米さんのお宅のホームパーティーで見かけたことはあったけど、それまで話したことはありませんでした」

「どういうふうに声をかけられたのですか」

音喜多が訊ねる横で、鳴海が眠気を振り払おうと顔を左右に振っている。

「音喜多さんたちと同じです。久米さんと不倫していたのかと訊ねられました。あまりに単刀直入で、ちょっとびっくりしてしまいましたけど」

そのときのことを思い出したのか、森田が頬を緩める。

「森田さんは、なんと答えられたのですか」

「もちろん、不倫なんてしていないと答えました。きみのお父さんは立派な人だから、そんなことはしないよって。だから安心していいよ……って」

「太陽くんは、どんな反応を？」

「どうでしょう……納得したようなしてないような。あの子がどう思ったのか、私にはわかりません。なにも言わずに走り去ってしまいました。いちおう、ご報告しておいたほうがいいと思いまして」

「ありがとうございます」

音喜多が礼を言う隣で「太陽くん。お父さんのことが大好きなんですね」と鳴海がしみじみと呟いた。

2

「なにもなかった……か」

音喜多の呟きに反応して、鳴海がうっすらと目を開いた。

「久米と森田ですか」

さっきまでは使い物にならない状態だったが、少し落ち着いてきたらしい。シートに座り直して話を聞く態勢になる。

「結局、火のないところに煙が立ったわけだ」

二人は東京方面に向かう電車に揺られていた。車内は空いていて、客同士の間隔もあるため、小声でなら事件の話をしても問題はなさそうだ。

森田杏と久米充の間には、なにもなかった。森田のほうは久米にたいしてほのかな思慕の念を抱いていたようだが、森田がそれを隠そうともしないことこそが、潔白を裏付けているのではないか。

なのになぜ、狭山は選考に不正があったと考えたのか。

たんなる思い込みや嫉妬だろうか。

ありえないとまでは言わないが、引っかかりは残る。

ともあれ、狭山が疑っていた不正は存在しなかった。次はどう動くべきか。

スマートフォンが振動する。

最上からのメッセージだった。

狭山につきまとっていた男の身元を特定したので、これから訪ねてみるという内容だった。

最上たちもスナック『みちこ』を訪ね、ママに話を聞いたようだ。そのときにもたらされた新情報が、過去に狭山につきまとっていた常連客がいた、というものだった。音喜多たちが立ち去った後に思い出したらしい。

当然裏取りはするべきだが、おそらく外れではないかと、音喜多は考えている。その常連客が店に通っていたのは、一年以上も前らしい。

鳴海が独り言のように言う。

「火は別のところにあるのかもしれません」

「どういうことだ」

「狭山はオーディションの選考過程に不正があったと強く信じていました。だからこそ事務局に告発したし、事務局が動いてくれなかったから、森田や久米に電話をした。たんなる嫌がらせというよりは、義憤に駆られた行動だったんです」

「そうだろうな。狭山には狭山なりの正義があった」

狭山と森田の暮らしぶりを比較してみても、生活レベルの差は歴然としている。森田はオーディションに落ちても食うに困ることはなかっただろうが、狭山は違った。オーディションに人生を懸けていたといっても過言ではない。狭山にとってプロオケ入団は、人生を大逆転するチャンスだった。合格すれば、生活のためにホステスをする必要もなくなり、定年まで安定した収入を得ながら、演奏だけに専念できるのだ。そんな一世一代の勝負の場で不正が行われていたと知れば、許せない気持ちもわかる。

「どうして狭山が、久米と森田の不倫関係をそこまで盲信できたのか、ずっと考えていたんです」

「たんに二日酔いで苦しんでいるだけだと思っていたが」

「それは間違いありませんが、同時に考えてもいました」

ひとり頷き、鳴海は続ける。

「浮気している人間は、人一倍、パートナーの浮気を疑います」

ぎくりとした。

「いきなりなにを言い出すんだ」

自分が責められているわけでもないのに、ドギマギしてしまう。

「言葉通りの意味です。浮気してる人は、なにかあるとすぐにパートナーの浮気を疑います。自分が浮気しているから、ほかの人も浮気をするに違いないという思考になるんです」

真綿で首を絞められているような感覚は、音喜多の被害妄想だろう。鳴海には過去に結婚していたことは話しているが、離婚の原因までは話していない。

しばらく考えて、鳴海の言わんとしていることがわかった。

「自分もやってたからか」

正解だった。鳴海が頷く。

「狭山は、森田が久米の愛人だからオーディションに合格したと、固く信じていました。その情報は、どこかでつながった関東フィルの関係者から提供されたものでしょうが、狭山にはその情報を強く信じる根拠があったんです。自分が同じことをやっていたから」

狭山は関東フィルの関係者にコネを作っただけでなく、その関係者と肉体関係を持った。そしてオーディションの合格を約束されていた。

ところが不合格になった。

もちろん、関係者に問いただしただろう。そして関係者から明かされたのが、森田と久米の不倫関係だった。

ならば、義憤という表現は正しくない。嫉妬《しっと》だ。同じ手段で合格を目指したのに自分は落ち、森田は受かった。一矢報いてやりたいという思いから、事務局に告発する。だが情報源を明かせば、自身も同じことをしていたのがバレる。だから匿名での告発になった。

「関東フィルには、オーディション合格を餌に受験者を食い物にする不届き者がいた。ただしそれは、久米ではなかった」

「狭山はおそらく、その関係者に口封じされたんだと思います。狭山が逮捕されて取り調べを受ければ、当然その関係者の名前も挙がってくるし、その男のやっていたことも明らかになる」

「問題はどうやって、その関係者を炙り出すか」

「オーディションの結果に影響を与えられそうな立場といえば、オーディションの選考にかかわった楽団所属のヴァイオリニストのほか、楽団長、事務局長、あとは財団の理事なども考えられます」

音喜多はスマートフォンでブラウザを開き、関東フィルのホームページにアクセスした。楽団所属のヴァイオリニストは第一、第二合わせておよそ四十人、財団理事は二十人ほどだ。

「多いな。もう少し絞り込めないか」

唇を曲げてしばらく考え込んでいる様子だった鳴海が、口を開く。

「狭山は五反田の公衆電話から、あちこちに電話をかけていました。電車で会ったというスナックの同僚の証言からも、プライベートな用事で五反田に通っていたことがうかがえます」

屋根屋

村田喜代子

雨漏りの修理にきた屋根屋の永瀬は、夢を自在に操れるという。永瀬に導かれ、「私」は夢の中で彼とともに旅を重ねるようになるが……。〈解説〉池澤夏樹

●924円

ねこ物件

猫がいるシェアハウス

柳 雪花

綾部真弥 原案

ねこ×イケメン×シェアハウス!? 入居条件は「猫に気に入られること」。古川雄輝主演の人気ドラマ原作本が登場です。八月五日劇場版も公開決定!

●770円

わたしたちの秘密

中江有里

派遣社員として空虚な毎日を送る三〇歳の大倉玉青は、五年前の自らの選択に端を発する、ある「秘密」を抱えていた——。〈巻末対談〉松井五郎×中江有里

●858円

在原業平殺人事件

新装版

山村美紗/西村京太郎

平安文学の研究者が、次々と服毒死……。山村美紗の遺作を西村京太郎が書き継いだ、ミステリー界二大巨頭による伝説の合作。〈解説〉山前 譲

●836円

今月の新刊

人格者

佐藤青南

書き下ろし

伝説のコンマスとして、誰からも愛されたヴァイオリニストはなぜ、殺されたのか――。あの『連弾』の異色刑事が、再び謎に挑む！　慟哭の本格ミステリー。

●770円

剣神 神を斬る

神夢想流林崎甚助1

岩室 忍

書き下ろし

出羽楯岡城下で闇討ち事件が起こった。父を殺された六歳の民治丸は仇討を武神スサノオに誓う。居合の始祖・林崎甚助の生涯を描く大河シリーズ始動！

●880円

新装版 ナ・バ・テア

None But Air

森 博嗣

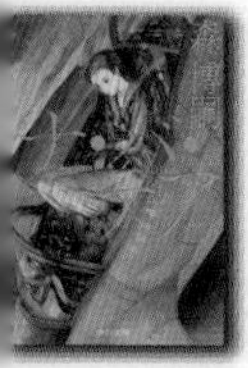

伝説の撃墜王は戦闘機乗りには珍しい大人の男。彼とともに出撃する喜びを覚えるキルドレのクサナギは……クサナギ・スイトの物語序章。〈解説〉吉本ばなな

●836円

「だがオーケストラ関係者で、五反田在住の者はいなかった」

公衆電話の場所が判明した時点で、捜査員が関東フィル関係者の住所と照合している。近隣在住の関係者はいない。

「ええ。でも考えてみれば、後ろめたいことをするのに自宅の最寄り駅に呼びつけるでしょうか。ましてや、オーディションの結果に口出しできるほどの権力を持つ立場の人間となると、多くが家庭を持っています」

無意識に両手を打ち鳴らしていた。

「ホテルか」

「私もそう思いました」

五反田には性風俗店やラブホテルが多い。オーディション受験者を食い物にしていた不届き者は、狭山と五反田で会っていた。おそらく五反田のホテルを利用している。

「だが五反田だろ。ホテルが多すぎる」

「そうなんですか。私、あまりそういうところ使わないから」

「お、おれだって使わねえよ」

「なにをそんなにムキになっているんですか」

スマートフォンをいじっていた鳴海が、「もしかしてこれ、いけるんじゃないですか」と顔を上げる。

「五反田にはホテルがたくさんあるけど、狭山が使用した公衆電話のある方向には、三つしかありません」

「本当か」

鳴海のスマートフォンを覗き込んだ。

五反田エリアには時間利用が可能なラブホテルが多く存在しているものの、そのほとんどが駅の北側に密集している。駅の南側には、五反田駅から大崎広小路《おおさきひろこうじ》方面に向かい、目《め》黒《ぐろ》川を渡ったあたりに三軒があるだけだ。そして狭山が使用したと思われる公衆電話は、駅の南側だった。

3

ううん、と重々しく唸った後で、女はかぶりを振った。

「やっぱりわかんない」

「もうちょっとよく見てもらえませんか」

鳴海が料金受け渡し用の小窓から、スマートフォンを女に向ける。

「見てるわよ」

女は鬱陶《うっとう》しそうにしながらも、もう一度、液晶画面を凝視した。

そして同じ反応をする。

「やっぱりわかんない。ごめん」

「男の人と一緒だったと思うんですが、なにか思い出せませんか」

「鳴海」と、音喜多は女性刑事の肩に手を置いた。

「たぶん、ほとんどが男女のカップル客だ」

二人がいるのは、五反田にあるラブホテルのエントランスだった。部屋選択パネルを背に、フロントの小窓から従業員に話しかけている。

「じゃ、あの防犯カメラ。どれぐらい前まで映像が残ってますか。映像を見せていただくことは可能ですか」

鳴海が背後の天井を指差しながら訊ねる。角度的に利用客の顔がはっきり映っているかは微妙だが、狭山が五反田を訪れた日時はわかっている。検索は比較的容易だろう。

だが、小窓に顔を近づけた従業員の女は、気まずそうな上目遣いで刑事たちを見た。

「ごめんなさい。あれはダミーなの」

気づけば中年同士の訳ありっぽいカップルが、すぐ後ろで順番待ちしていた。

鳴海の腕を引いてカップルに場所を譲り、そのままホテルを出た。

「ホテルへの聞き込みは、厳しいかもしれないな」

ラブホテルだと従業員との接触も最低限になるし、利用客の顔も見ない。それでも特徴的な容姿であれば印象に残った可能性はあるが、狭山に一見してそれとわかるような外見的特徴はない。ラブホテルの防犯カメラもダミーとなればお手上げだ。

残りの二軒も聞き込みしてみたが、芳しい成果は得られなかった。従業員は客の顔を見ておらず、防犯カメラの映像も数日で上書きして消去しており、狭山が五反田を訪れた日の映像は残っていないという。

狭山が五反田のホテルで関東フィルの関係者と会っていた可能性が閃《ひらめ》いたときには、興奮で全身に電流が走ったが、ぬか喜びだったようだ。こういうこともある。

二人はひとまず捜査本部に戻ることにして、駅に向かった。

そのとき、スマートフォンが振動して最上からメッセージが届く。

常連客の線は外れだったという報告と、こちらの状況を確認する内容だった。

音喜多は最上に音声発信した。

『お疲れっ』

威勢が良いとも、投げやりとも受け取れる声が応答する。

「空振りだったのか」

『アリバイが成立した。三十代の会社員だが、事件の起きた日は関西に出張だったらしい。そうでなくても、いまは恋人と同棲してラブラブのようだ。近々結婚するんだってのろけられた。そっちはどうだ』

音喜多がこれまでの捜査内容を報告すると、最上はため息を漏らした。

『手詰まり感は否めないな。いったん情報を整理し直したほうがいいかもしれない』

「そう思っていったん本部に帰ろうとしていたところだ」

『わかった。じゃあ、また後で』

通話を終えた。

だが大きな歩道橋をのぼっておりて、ＪＲの駅舎に入ろうとした、そのときだった。

「待て」

音喜多は前を歩く鳴海の肩をつかんだ。

鳴海が驚いて振り返る。

「急になんですか。びっくりした」

「ホームレスだ」

音喜多は背後に顎をしゃくった。

歩道橋ののぼり口近くに、赤い帽子の痩せた男が立っていた。男は雑誌の表紙を通行人に見えるようにしながら持っている。ホームレスの自立を支援する団体が発行している雑誌だ。あの雑誌を持っているのだから、男はホームレスだろう。

「あの雑誌、狭山のマンションにありましたね」

鳴海も思い出したようだ。

ターミナル駅の近くで売り子をよく見かけるので、必ずしもここで購入したとは限らない。だが対面販売だし、売り子が客と会話している風景もよく見かける。狭山がもしもここで雑誌を購入したのなら、売り子と会話している可能性もある。

聞き込みしてみる価値はありそうだ。

音喜多と鳴海は来た道を引き返し、赤い帽子の男に歩み寄った。

男はやる気なさそうに小声で雑誌名を連呼しながら、通行人に表紙を見せていた。

「すみません。ちょっとお話をうかがいたいのですが」

音喜多が警察手帳を見せると、男が脇に置いている荷物にしゃがみ込む。

「はいはい。移動します」

「いいえ。商売を注意しに来たんじゃありません」

男は怪訝そうな顔になった。

鳴海がスマートフォンに狭山の顔写真を表示させ、男に見せる。

「この女性に見覚えありませんか」

男は生気のない目で液晶画面を見つめ、ボリボリと頬をかいた。

「ある」

「本当ですか？」

音喜多は目を見開いた。

「本が売れたら思い出せると思う」

取り引きを持ちかけられたようだ。

「二冊ください」

スラックスの尻ポケットから財布を取り出した。

「一冊きりじゃ、思い出せるかどうか」

「それなら二冊」

「二冊……どうかなあ。自信ないなあ」

「本当に見覚えあるんですか」

だんだん疑わしくなってきた。

「ある気がする。思い出せるかどうかはわからない」

こいつ、なにも知りませんでしたなんて言いやがったら、ただじゃおかないぞ。

内心で悪態をつきながら、音喜多は指を三本立てた。

「三冊ください」

「毎度あり」

男が荷物を開け、雑誌を三冊取り出そうとする。

「一冊でいいです」

同じ雑誌を三冊持ち歩いても、荷物になるだけだ。

「え。でも……」

「お代は三冊ぶん払います」

「そういうことなら……三冊で千三百五十円です」

財布から千五百円を渡した。

「ほいほい。ちょっと待っててね」

ウエストポーチを開き、釣り銭を出そうとする。

が、なかなか見つからない様子でしきりに首をひねっている。

やがて申し訳なさそうに顔を上げた。

「すみません。コンビニで両替してくるので、待ってて——」

「お釣りはいいです」

「でも」

「取っといてください」

「それならお言葉に甘えて」

男は満面の笑みで、千五百円をウエストポーチにしまった。

本当に釣り銭がなかったのか疑わしいものだ。

そんなことよりも。

「どうなんですか。写真の女性に見覚えがありますか」

音喜多が言い、鳴海があらためてスマートフォンを差し出す。

男はもったいつけるように顎をかき、言った。

「ある。雑誌を買ってくれて、ちょっと話もした」

音喜多と鳴海は互いの顔を見合わせた。

「どんな話をしたんですか」

質問したのは鳴海だった。

「男と歩いてて、素通りしかけたんだけど、表紙に興味を持ったみたいで近づいてきた」

「男と歩いてた？」

音喜多は確認した。

「ああ。うだつの上がらない感じの男だよ。帽子かぶって、こうやって背を丸めてさ」

帽子で変装していたのだろうか。男のほうは人目を避けていたようだ。

「この女性とは、どんなことを話したんですか」

鳴海がスマートフォンの角度を変え、男から見えやすいようにする。

「そのときおれが持ってた雑誌はヴァイオリン持った兄ちゃんが表紙で、姉ちゃんが、なんとかさんだ、とか言ってはしゃいでたから、好きなのかいって訊いたら、一緒に演奏したことがあるって言っててさ。本当かどうかわからんけど」

いまの聞きましたか、という感じで、鳴海が音喜多を見る。

「それで？」

「そりゃすごいねって話を合わせたんだ。あんたもなんか楽器やってんのかいって。そしたら、やってるよ、いろんなコンサートに参加してるんだよって、どこかのオーケストラに参加したときに、表紙の兄ちゃんがゲスト奏者で来てたって言うんだ。どこまで本当かは知らないぜ？　でもおれはほら、雑誌さえ買ってくれればそれでいいから。へーすごいねーって調子を合わせてたのさ。話し好きな姉ちゃんだったな、おれが相槌《あいづち》だけ挟んでれば、いつまでもしゃべり続ける感じでさ、そしたらちょっと離れた場所でスマホいじってた男が、早くしろよって、いらついた感じで言ってきたんだよな。まあ、よくしゃべる姉ちゃんだったけど、そんなに長い時間でもないんだぜ？　それなのにあんな言い方してさ。小さい男だと思ったよ。おれもいまはこんなだけど、いろいろ経験してきて人を見る目だけは自信あるんだ。あいつはダメだ。早いとこ別れたほうがいい。そんなことは、面と向かって言えるはずもないけどさ」

男の人を見る目は正しかったのかもしれない。

「その、感じの悪い男のほうの顔は覚えてますか」

鳴海の質問に、男は自信満々に頷いた。

「もちろんだよ。あの人を見下すような嫌な目つき、忘れたくても忘れられない」

鳴海はスマートフォンを操作し、液晶画面をふたたび男に見せる。

「この中にそのときの男がいるか、教えてほしいんだけど」

液晶画面には、関東フィルの楽団員の顔写真が並んでいた。関東フィルのホームページにアクセスしたらしい。

男が見にくそうに目を細める。

「写真が小さすぎてぜんぜん見えないな。それに、たったの三冊しか売れてない」

物欲しげな横目が音喜多を向いた。

「音喜多さん、お願いします」

なんでおれが。

思ったが、背に腹は代えられない。

「あと二冊ください。お釣りはいりません。あと商品もいりません」

「毎度」

音喜多が差し出した千円札を大事そうに懐にしまい、男が揉み手する。

「一人ひとり拡大して見せてくれないか」

「わかりました」

鳴海がスマートフォンを操作し、あらためて男に提示した。

「まずこの人」

「こいつ……」

男が目を見開く。

「この男ですか」

鳴海が色めき立つ。

が、男は腕組みをして顔をしかめた。

「どうだろうな。次、行ってみてくれないか」

「わかりました」

鳴海が写真を切り替えた。

「おおっ！」

今度こそ当たりかと思ったが、男は難しい顔に戻る。

「違うかなあ。次、頼む」

こんな調子で関東フィルに所属するすべての男性楽団員の顔写真を見せたが、狭山と一緒だった男は特定されなかった。

「っていうか、あのとき帽子かぶってたから、この写真とぜんぜん違う。わかるわけないんだよな」

いまさらそんなことを言うか。

「それなら千円返してくれないかな」

音喜多が差し出した手を、男は信じられないという顔で見る。

「なんでだよ」

「なんでだよ、じゃないよ。千円は情報料だったのに、あんたからはなにも出てこない。返してもらって当然だろ」

「警察が市民からカツアゲするのか。しかもホームレスから」

「あんたはホームレスかもしれないが、同時に詐欺師《さぎし》だ」

「人聞きの悪いことを言うな」

「本当のことだろう。情報提供の対価として金銭を要求しながら、肝心の情報が提供されていない。詐欺そのものだ。あんた、本当に男の顔を見てたんだろうな？　ぜんぜん見てないんじゃないか？」

「見てたわ。この姉ちゃんが立て続けに写真を見せてくるから、わけわかんなくなったんじゃないか」

「私が？」鳴海が自分を指差す。

「なに人のせいにしてるんだよ。あんたが一人ひとり拡大して見せてくれって、自分で言ったんじゃないか」

「しょうがないだろ。そのときはそのほうがわかりやすいって思ったんだから」

「もういいから。千円だけ返してくれればチャラにする。早く返せ」

「嫌だ。おれの金だ」

男が身体をひねって背中を見せ、金を守ろうとする。

「あんたな……」

舌打ちが漏れた。

「ちゃんと見てたわ！　わかんなくなっただけじゃ！」

「開き直ってんじゃないぞ」

「見てた！　その証拠に、あの男は左利きだった！」

「は？」

「スマホを右手で持って左手でいじってた！　おれも左利きだから同じだと思ったんだ！　顔はわからん！」

「そんな情報に千円も払えるわけ――」

「ああっ！」

鳴海が大声を上げ、音喜多はびくっと肩を波打たせた。

「なんだ、急に」

おかげで冷静さを取り戻した。

「狭山と一緒だった男が誰か、わかっちゃったかもしれません」

鳴海は大きく見開いた目を、音喜多に向けた。

4

二日後、関東フィルのリハーサルが終わる頃合いを見計らって目白に出向いた。

今回はおおむね定刻通りに終わったようだ。音喜多たちと入れ替わりに、関東フィルの楽団員たちがスタジオから出てくる。森田、岩見、青木といった顔見知りと挨拶を交わしつつ、目的の人物が出てくるのをミーティングルームで待つ。

前回、楽団員たちを怒鳴り散らしていた指揮者のグスタフも、今日は上機嫌だ。刑事たちに笑顔でお辞儀をして、スタジオを出て行く。

「桜子？」

歩み寄ってきたのは、神岡彩花だった。鳴海の音大時代の同級生だ。

神岡はこんにちは、と音喜多にも頭を下げた。音喜多は愛想笑いで応じ、スタジオから出てくる楽団員たちに意識を戻す。

「彩花、また関東フィルで弾くんだね」

「そうなの。おかげさまでよく声をかけてもらってる」

「誰から？」

「フォアシュピーラー……じゃなくていまはコンマスの田中さん」

「えっ？」

鳴海の声が困惑を帯びる。

音喜多は「失礼」と神岡に軽く手を上げ、席を立った。目当ての人物に向かって、真っ直ぐに歩いて行く。

「田中さん。少しお話、よろしいですか」

田中が怯えたような顔で、刑事を振り向いた。

「急いでいるんですけれど」

「ご協力いただければ、お時間は取らせません」

あちらに、と音喜多が示したテーブルには鳴海だけでなく、神岡がヴァイオリンのハードケースを提げ、立ち尽くしている。

「どういうことなの？」

神岡は説明を求めるように鳴海を見た。

「少し席を外していただけますか」

音喜多はつとめて冷静に告げたが、神岡は動かない。

「鳴海」

「はい」

鳴海が立ち上がり、神岡の肩を抱いてミーティングルームを出て行く。

部屋には、音喜多と田中だけになった。

「な、なんでしょうか」

田中が薄い髪を撫でながら、しきりに瞬きする。

音喜多はほかにひと気がないのを確認し、言った。

「狭山泉美さんをご存じですか」

「誰ですか、それは」

「ヴァイオリニストオーディションの受験者です。書類選考を通過して、あなたたちの前で演奏もしています。そのときに自由曲として選んだのは、カミーユ・サン＝サーンスの『序奏とロンド・カプリチオーソ』」

音喜多はテーブルの上に狭山の履歴書を置いた。

「ああ。あのときの。曲名を聞いて思い出しました。なかなかユニークな曲を選ぶものだと興味深かったです」

「それだけですか」

田中が小首をかしげる。

「狭山さんと、連絡をとっていらっしゃいませんでしたか」

「まさか」と、田中は大げさに両手を広げた。

「どうして私がオーディションの受験者、しかも落選者と連絡を取り合う必要が？」

連絡は取り合っていない。狭山のスマートフォンに田中の影はなかった。おそらくは、狭山が関東フィルにエキストラとして参加した際に直接声をかけ、その後は日時を指定して待ち合わせていた。

「狭山さんは、関東フィルにエキストラとして参加したことがあるそうです。事務局に問い合わせました」

「そうなんですか。最後列で演奏するエキストラの顔を、いちいち覚えてはいません。そもそも前回のオーディションの受験者には、ほかにも過去にエキストラ参加してくれた方もいました。狭山さんだけではありません」

「私たちの調べでは、狭山さんは今回のオーディションにぜったいの自信を持っていたようです」

「皆さんそうじゃないですか。誰もが自分の音にサムシングがあると信じている。だがたいていは錯覚です。だから落ちる」

「五日前、九月十一日の深夜十一時から翌一時にかけて、どこでなにをしていらっしゃいましたか」

「なぜそんなことを訊くのですか」

「特別な意味はありません。皆さんにうかがっています」

田中は遠くを見るように目を細め、ふうと息を吐いた。

「ドライブしていました。気分転換にあてもなく走り回るんです」

「二時間ずっと、ですか」

「そうです」

「ご自宅は狛江市《こまえし》でしたね」

「ええ」

「そこからどちらのほうに？」

「覚えていません。さっきも申し上げたように、あてもなく走り回るだけですから」

「だいたいはわかるでしょう。どちらの方面に向かったのか、どこに立ち寄ったのか」

「……横浜方面です」

「どこかに立ち寄りましたか。トイレ休憩や給油でもかまわないのですが」

しばらく間を置いて発せられた声は、かすかに震えていた。

「いいえ」

「一度も止まらずに走り回っていたのですか？」

「はい」

「カーナビの走行履歴を拝見しても？」

「ＧＰＳは切っています。履歴は残っていません」

「カーナビなのに、ですか」

苦しすぎる言い訳に、つい笑ってしまう。

「そうです。悪いですか」

逆に田中は顔を真っ赤にしてむきになった。

「悪くはありませんが、それじゃカーナビの用をなしませんよね」

「カーナビは方向音痴《ほうこうおんち》な妻のためにつけています。私には必要ありません」

「だからご自身が車を使うときには、いちいちGPSを切るのですか」

「そうです」

開き直ったふうを装っているが、虚勢だ。顔じゅう汗まみれになっている。

「田中さんの愛車の車種を、教えていただけますか」

「ヴェルファイアです」

「ナンバーは？」

「多摩《たま》３０２、『さ』の○○-××」

「ありがとうございます」

音喜多は狭山の履歴書を下げ、クリアファイルにしまう。

「九月十一日の午後十一時半過ぎ、同じナンバーのヴェルファイアが、江戸川区春江町《はるえちょう》のコインパーキングに入庫しています」

田中の顔色が変わった。

履歴書と入れ替わりに、クリアファイルからＡ４サイズにプリントした写真を差し出した。コインパーキングの防犯カメラ映像をプリントアウトしたものだ。

――狭山と一緒だった男が誰か、わかっちゃったかもしれません。

二日前、五反田駅前でホームレスの男に話を聞いた際、鳴海はそう言った。

狭山と一緒だった男が左利きだったと聞いた瞬間、田中の顔が浮かんだらしい。田中が左利きだというのは、最初にスタジオを訪れた際、楽譜に鉛筆で書き込むしぐさを見て気づいた。ヴァイオリニスト、とくにオーケストラに所属するヴァイオリニストとなると、サウスポーは珍しいらしい。田中も演奏するときには右利きと同じかまえに矯正したものの、普段の生活では左利きだったようだ。左手で鉛筆を持つ姿を見て、左利きなのに右で演奏するのは大変だろうなと思ったため、鳴海の印象に残ったようだった。

さらに田中は、ヴァイオリニストとしてはオーケストラで二番手の地位にあった。ヴァイオリニストのオーディションには当然参加するし、外部の人間からすれば、結果に影響を及ぼせる立場のように見える。

ただ、それだけでは決め手に欠ける。

音喜多は鳴海の推理を捜査会議で報告し、ほかの捜査員たちの協力を得て、現場付近の防犯カメラ映像から田中の姿を探した。

その結果発見されたのが、春江町のコインパーキングの防犯カメラ映像だった。駐車したヴェルファイアから、田中が降りてくるところが捉えられていた。ヴェルファイアが田中の愛車であることは、すでに確認済みだ。

「先ほどは横浜方面に向かった、とおっしゃいましたが」

「きき、記憶違いだったようです」

「どこにも立ち寄っていないとも、おっしゃいました」

田中はしばらく唇を震わせ、懸命に弁解の言葉を探しているようだったが、やがて観念したようにがっくりとうなだれた。

「署のほうで、ゆっくりお話しを聞かせていただけますか」

もはや抵抗の意思もなくなったようだ。

音喜多は書類をまとめ、立ち上がった。

田中の腕をとって立ち上がらせ、出入り口まで誘導する。

スタジオの建物を出ると、鳴海と神岡が深刻そうに話をしているところだった。音喜多たちに気づき、二人ともこちらを向く。

「田中さん……」

神岡は泣いていたのだろうか。目のまわりが赤くなっていて、頬が濡れている。

田中は背を丸め、深くうつむいていた。

「行きましょう」

音喜多が田中の腕をとって促すと、神岡が駆け寄ってくる。

「彩花」

彼女は鳴海に抱き留められながら、すがるような目で田中を見ていた。ずっと信じていたし、いまでもできれば信じたい。そういう思いが伝わってくるような、あまりにも雄弁な眼差しだった。

一歩、二歩。力なく進んだ田中が、ふいに顔を上げて神岡を見る。

神岡の目に、かすかな期待が覗いた。

事実無根だ。プロオケ志望者を食い物になどしていない。必ず戻ってきて、次のオーディションできみを合格させる。

そういう発言を期待する目だった。

だが、田中の口から発せられたのは、正反対の言葉だった。

「きみのヴァイオリンはつまらない。エキストラが精一杯だ。プロオケ入団は諦めて、別の道で食べていく方法を考えたほうがいい」

音喜多は田中の腕を強く引いた。

田中がたたらを踏んで歩き出す。

ついてこなくていいから、一緒にいてやれ。

鳴海にそう目顔で告げ、音喜多は二人に背を向けた。

第五章

1

取調室の扉が開き、坊主頭の剣呑《けんのん》な空気をまとった男が廊下に出てきた。

捜査一課の同僚の最上だ。自分の肩を揉みながら、やれやれといった調子で首を回している。

「どうだった」

音喜多が歩み寄ると、最上は虚を衝《つ》かれたような顔をした。

「待ってたのなら、コーヒーぐらい用意してくれててもいいんじゃないか」

「用意してもいいが、冷めるだろ」

「心外だな。あんな坊ちゃん相手に、そんなに手こずると思われてたとは」

ふん、と得意げに鼻を鳴らす。

「ってことは？」

「落ちた。狭山泉美殺害を自供した。エキストラで関東フィルに参加していた狭山に声をかけ、オーディション合格を餌に肉体関係を要求していたらしい。だが実際には、狭山を引き上げるつもりなんか、さらさらなかった。オーディションでの発言力だって、自分で狭山に話していたほどじゃなく、コンマスの久米がなにか言ったらそれに追随するしかできなかった。ヴァイオリンでは綺麗な音を出せる人間が、中身まで綺麗なわけじゃないってことだな。ありゃとんでもないドクズだ」

　田中によれば、オーディションではさまざまな意見があったものの、最終的には森田を合格させるという結論で意見が統一された。久米はたしかに森田を推薦していたが、強引に押し切ったわけでもなく、ほかの楽団員の意見を尊重する姿勢だったという。

　楽団員の中に、オーディションの結果に不満を抱く者はいなかった。

　ところが狭山にとって、不合格は不満な結果だった。

　なにしろ関東フィルで演奏者としてはナンバー2の座にある楽団員から、合格の確約を得ていた。当然、田中に不満をぶつける。そこで田中は、久米と森田が不倫関係にあると嘘をついた。久米が森田を強引に推したせいで、狭山を推薦した自分の意見が却下されたと、その場しのぎの弁明をしたのだ。

　私もきみを合格させるため、必死に抵抗したのだが。

狭山にはそう言ったものの、実際にオーディションで田中が推薦したのは、別の受験者だったらしい。同じ手口で複数の女性と関係を持っていたため、狭山を合格させるつもりは最初からなかったようだ。

森田が合格し、狭山が不合格になるというのは、田中にとって想定内の結果だった。

だがそこから、事態は田中の思ってもいない方向に転がり始める。

狭山が事務局に匿名の告発をし、さらに森田や久米にまで電話をかけたのだ。

事務局への告発は隠蔽されていたものの、森田や久米への電話は報道された。その報道に触れた田中は、久米殺しも狭山の仕業だと確信するに至る。

警察はいずれ狭山に辿り着く。狭山が逮捕されれば、当然田中の名前も挙がる。

そうなれば自分のキャリアは終わりだと、田中は思った。

なにしろ入団を希望する女性を食い物にしていただけでなく、田中のその場しのぎの嘘が、久米の生命を奪う結果になったのだ。

そんなヴァイオリニストの演奏など、誰が聴きたがる。聴衆は音だけでなく、演奏者の背負ったストーリーも含めて楽しむものだからと、田中は取り調べで語ったらしい。

そして田中は、狭山の口を封じようと決意した。

深夜に狭山のマンションを訪ね、部屋に入るなり、持参した金属バットで狭山の頭部を殴打した。遺体の右側の頭頂骨が陥没していたのは、左利きの田中がバットを振り下ろしたせいだ。

一撃でとどめを刺すつもりだったが、狭山は抵抗してきた。そのため狭山を押し倒し、首を絞めて殺した。

カーテンをかぶせて火を点けたのは、遺体に残ったかもしれない指紋などの証拠を隠滅《いんめつ》するためだった。久米の事件で同様の手口だったのは報道で知っていたため、捜査を攪乱《かくらん》する狙いもあった。

だが田中が立ち去った後、密室となったマンションには酸素が足りなかった。そのため田中が期待したほどの大きな火災には至らず、遺体の首の圧迫痕や、五反田で一緒だったときに、狭山がホームレスから購入した雑誌などの証拠が残ってしまったのだった。

「田中は、久米を殺していないと言っているのか」

「いまのところはな」

被疑者の主張を鵜呑《うの》みにはしないぞという意思の伝わってくる、最上の口ぶりだった。

「狭山殺害に使用した凶器は自宅のガレージに保管しているっていうから、これからガサ入れて逮捕状を請求する。いったん逮捕してガラ押さえちまえば、あとはじっくり締め上げていけばいい。久米殺害を狭山に押しつけようとしているとしても、いずれボロが出る」

「おれも田中と話していいかな」

「おれの許可なんかいらないだろ」

手をひらひらさせて、最上が去って行く。

音喜多は取調室の扉を開いた。

狭い空間のほとんどを占めるデスクの向こうで、田中が顔を上げる。たった一日でげっそりとやつれはてたように見えた。

記録係の所轄署員に、失礼するよ、と目で合図をして、田中の対面の椅子を引いた。

「本当に、久米さんを殺《や》ってない？」

「やってません」

田中は小さくかぶりを振った。

「久米さんが殺された日、私は自宅で娘にヴァイオリンのレッスンをしていました。嘘じゃありません」

結婚しているのは知っていたが、娘もいたのか。

「娘さんはいくつですか」

「四歳です」

「四歳ならばアリバイの証人にはなりえませんね」

「わかっています。でも本当なんです」

田中は弁解に疲れ切った様子で肩を落とした。

「被害者の遺体にカーテンをかぶせ、火を点ける手口は、久米さんが殺害された事件と共通しています」

「真似したんだから当然です。久米さんがどういう殺され方をしたのかはニュースで見て知っていました。後ろから殴られて、意識を失ったんですよね。あのニュースを見ていたから、狭山さんのことも、バットで思いっきり殴ったら動かなくなると思ったんです。でもそうはならなくて、あの女が襲いかかってきて怖くなりました」

「本当に怖かったのは、いきなり金属バットで殴られた狭山さんです」

「でも彼女、人を殺してるんですよ。怖いじゃないですか」

田中の瞳はかすかに震えている。狭山にたいして本気で怯えているように見えた。

「あなただって殺しています」

田中がうつむく。

「狭山さんが久米さんを殺したと?」

「それ以外に考えられません」

「いいえ。疑わしい存在はほかにもいます……たとえば私の目の前に」

言葉の意味を理解しようとする間を挟み、田中が大きく目を見開く。

「私が殺したっていうんですか」

「狭山さんが久米さんを殺したのと同じくらい、可能性はあります」

「私はやってない。なんで私がコンマスを……」

「たとえば、久米さんがその座に君臨するせいで、あなたがコンサートマスターになれない。だから久米さんを排除しようとした……とか」

「ありえません」

田中は大きくかぶりを振った。

「私は技術的にも人格的にも、コンマスの器じゃありません。それは重々自覚しています。久米さんの技術や人望への嫉妬は、もちろんあります。以前は対抗心もあったし、いつか自分がコンマスになりたいという願望だってあった。でもあの人と一緒にやっているうちに、そんな気持ちは消えました。クラシック愛好家の間ではよく指揮者の上手い下手みたいな議論がありますが、私に言わせればナンセンスです。オケのサウンドを決定づけるのは指揮者じゃない。コンマスですよ。関東フィルの顔は、表向きはチェコから招聘《しょうへい》した指揮者グスタフ・バルツァーレクということになっていますが、本当にオケを操っているのは、久米充でした。指揮者が誰であろうと、久米充さえいればそれなりに関東フィルの音になったはずです」

「ですがあなたは、女性たちに自身が大きな影響力を持っているように振る舞っていた」

「実力で久米さんを上回ることはできないと悟ったからです。かつてはあった野心も、久米さんの圧倒的なリーダーシップを前に打ち砕かれた。分をわきまえてしまった私に、オケ内での地位向上は、これ以上望むべくもない。それは自分がいちばんよくわかっている。でも外から見れば、そうは見えない。歴史あるプロオケの一員、しかもフォアシュピーラーです。その立場を少し利用するぐらい、許されるのではと思いました」

「少し、ですか」

軽蔑《けいべつ》をこめて言った。

ちらりと音喜多を一瞥した田中が、長い息を吐く。

「調子に乗りすぎました。そのせいですべてを失ってしまった」

「あなたが失うのは自業自得だが、あなたに奪われた人はどうするんですか。あなたのせいで亡くなった人までいる」

「久米さんを殺したのは私じゃない」

この期に及んで保身が第一の姿勢にははらわたが煮えくり返るが、音喜多は感情を押し殺した。

「何人と関係を持ったのですか」

「二、三人ぐらいですかね」

「二人か三人かわからないのですか」

有無を言わさぬ口調に、田中が肩を狭める。

「三人です」

「狭山泉美さんを含めて？」

「はい」

それから田中と関係のあった女性の名前を聞き出し、音喜多は取調室を出た。

廊下を歩いていると、前方に鳴海が立っているのに気づく。

音喜多はのびた髪をかき上げ、頭の上で髪の毛をぎゅっとつかんだまま進んで、鳴海の横を通過しようとした。相貌失認の鳴海は、人物を髪型や背格好、服で識別している。こうすれば音喜多だとわかりにくい。

「田中は久米殺しを否認しているそうですね」

気づかれたか。

音喜多は立ち止まり、振り返った。

「そう言ってる」

「アリバイは？」

「娘にヴァイオリンのレッスンをしていたらしい。裏取りはまだだ」

「音喜多さんの心証としては、どうなんですか。田中は本当のことを話していると思いますか」

しばらく見つめ合った後で、音喜多は軽く肩を持ち上げた。

「思う。田中は狭山泉美を殺した。だが久米にかんしてはシロだ」

鳴海の頬に動揺の色が差す。

「いいんだぞ」

音喜多は言った。「音大の同級生だろう。疑いたくないし、嫌な話も聞きたくない気持ちはわかる」

鳴海が逡巡《しゅんじゅん》するようにいったん視線を落とし、ふたたび音喜多を見上げる。

「でも事件を解決するのが、いまの私の仕事です」

完全に刑事の顔だなと、音喜多は思った。

2

神岡彩花の住まいは北区《きたく》の東十条《ひがしじゅうじょう》商店街を抜けた先にある、庶民的な住宅街の一角にあった。

刑事たちとの待ち合わせに、神岡は自宅とはJR東十条駅を挟んで反対側にあるチェーン系のカフェを指定した。実家暮らしで自宅には両親もいるため、話を聞かれたくないのだという。

音喜多たちが店の前に着くと、ちょうど反対側から神岡が近づいてくるところだった。

いったんは注文待ちの行列に並んだものの、カフェの客の意外な多さに怯んだらしく、神岡が別の店に移動したいと言い出した。話を聞ければ文句はないので、駅周辺を歩き、古くからやっていそうな趣のある喫茶店に入った。

　店内に客はいないようだ。カウンターの奥で椅子に腰掛けていた老店主が立ち上がる。「三人です」と告げると、店主はお好きな席にどうぞと店内を示した。もっとも奥まったテーブルに座り、ブレンドコーヒーを三つ注文する。

「今日はお忙しいところすみません」

　音喜多が頭を下げる。

「いえ。忙しくなんかないし」

「ヴァイオリンの先生、やってるんだよね」

　鳴海の質問に、神岡は気まずそうに顔を歪めた。

「やってるって言っても、週に二日だし。実家じゃなかったらとても食べていけないよ。親も昔は応援してくれてたけど、最近じゃさっさと見切りをつけて結婚してほしいみたい。はっきりとは言わないけど、そんな空気をひしひし感じる」

　だからどうしてもプロオケに入りたかった、ということか。

　悲しそうに目を伏せていた神岡が、吹っ切れたような笑みを浮かべる。

「でも今回の件で踏ん切りがつけられそう。さすがにあれだけはっきり言われちゃうとね」

――きみのヴァイオリンはつまらない。エキストラが精一杯だ。プロオケ入団は諦めて、別の道で食べていく方法を考えたほうがいい。

田中が最後にかけた言葉だ。自分が夢を見させた相手に、ずいぶんな言い草をするものだと思った。しかし、いまのすっきりとした神岡の表情を見ると、田中が見せた最後のやさしさだったのかもしれないと思えてくる。

「どこかでわかってたんだ。だけど、ここまで続けてきた夢を捨てきれなくて、いつまでもしがみついてた。本当に自分の音に自信があるのなら、あんな男の言いなりになんてならないもんね。実力でどうにかならないのがわかってて、でももしかしたらどうにかなるかも、誰かの力で引き上げてもらえるかも……なんて卑屈なことを考えてるから、つけ込まれるんだよね。腹が立つけど、これってあの男にたいして怒ってるんじゃないかもしれない……誰かの力でどうにかしてもらおうなんて卑怯《ひきょう》なことを考えた、自分にたいして怒ってるんだ。むかつく……あの男じゃなくて、自分にむかつく……」

最後は涙声だった。

神岡はしばらく両手で顔を覆っていた。

やがて何度も目もとを拭い、顔を上げる。

「ごめんなさい」

「大丈夫ですか」

「はい。なんでも訊いてください。隠すことはもうありません」

マスターがコーヒーを持ってきて、三人の前に並べる。

「田中と関係を持ったのは、いつからですか」

「二か月ぐらい前です。桜田さんという大学の先輩の紹介で、関東フィルのエキストラに入りました」

「桜田さんというのは、桜田真央さんのことですか」

音喜多が確認すると、神岡は少し驚いたようだった。

「よくご存じですね」

「関東フィルカルテットでは、森田さんの前任だったそうなので、お話はうかがっていました」

「そうです。もっと早くに紹介してあげられれば、オーディションに間に合ったかもしれないのにねって、先輩から謝られました。桜田さんの後任を決めるオーディションのこと、私、知らなくて」

「エキストラで参加した際に、田中に声をかけられた？」

「はい。関東フィルのリハーサルの後、駅まで歩いていたら、車に乗った田中さんに声をかけられたんです。すごく良い音出してたね、って言われて、舞い上がっちゃいました。だってエキストラは最後列で演奏するから、何列も前のフォアシュピーラーの動きを一生懸命見つめるんです。それなのに、まさかフォアシュピーラーのほうが私の演奏を気に懸けてくれていたなんて……でもいま思えば身体目当てに適当なことを言っただけだったんです。フォアシュピーラーはエキストラにずっと背を向けているし、演奏が聞こえないわけではないと思うけど、私が入ったからって目を見張るほど演奏がよくなるなんてこと、ありえないんです。それは自分がいちばんよくわかっているはずなのに、彼の言葉を信じた。いいえ。信じたかった。ずっと誰かに言ってほしいと思っていた言葉を、彼がくれた。だから本心だと思いたかったんです」

「彼とは、どれくらいの頻度で会っていたのですか」

「連絡先は交換していなかったので、私がエキストラで呼ばれた日の公演後やリハーサル後です。五反田駅前で待ち合わせて、ホテルに直行し、ことが済んだらすぐに帰されました」

「彼は、あなたをエキストラで呼ぶよう、事務局に働きかけていた？」

「はい。彼はステージマネージャーと仲が良かったので、それぐらいの力はあったようです。エキストラに誰を呼ぶかって、オーケストラにとってはそんなに重要なことでもなくて、慣れてるからこの前と同じ人でいいよね、って感じで決められるんです。偉い人の決裁とかも必要なくて、知り合いとかで最低限の演奏力があれば問題ない、みたいな。エキストラが曲の見せ場を任されることはないし、音の厚みを加える程度の役割なので」

「そうやって田中のおかげでエキストラの仕事をもらっていたけど、もちろんそれ自体が目標というわけでもなかったんですよね」

「もちろんです。いつか正式な団員になりたいと思っていました。だから田中さんの求めに応じ続けました。でも、おかしな話ですよね。最初は自分の能力を認められたと思ったはずなのに、いつの間にか、田中さんに嫌われたら正団員になる道が閉ざされると考えるようになっていたんです。だから、たぶん自分でも最初からわかってたんだと思います。純粋に能力を認められたわけじゃない……って」

神岡が自分にうんざりしたような長い息を吐く。

「田中と関係を持ったのは二か月ほど前とおっしゃいましたが、それまで関東フィルのエキストラに来たことは」

「ありません」

「亡くなった久米充さんと面識は？」

「ありませんでした。もちろん有名な方ですから、一方的に存じ上げてはいましたけど」

隣で鳴海が安堵の息をつくのがわかった。念のため、久米が殺害された日のアリバイを確認したが、かなり日数が経過しているため、記憶が曖昧《あいまい》だった。おそらく自宅にいたはずだが、確実にそうだったかはわからないという返事だった。だが田中との関係が二か月前からというのが事実なら、ことさら疑う必要もない。

「あなたにとって辛い話かもしれませんが、田中は同時に複数の女性と関係を持っていたようです」

音喜多の話の途中から、神岡はかぶりを振っていた。

「まったく辛くありません。恋愛感情があったわけではありませんから」

「ほかの女性の存在に、気づいていましたか」

「いいえ。普通に考えればいてもおかしくないんですけど、そもそも彼に恋愛感情を抱いていたわけじゃないから、探ろうとも思っていませんでした。彼に奥さんがいたのは知っていたし、奥さんに悪いって、ずっと後ろめたく思っていましたけど。私はあの人を独占したかったわけじゃないんです」

神岡が久米の事件に関係している可能性はなさそうだ。

音喜多は筆記具を懐にしまった。

「ねえ、桜子」

神岡が鳴海を見る。

「なに？」

「どうして警視庁を受けたの」

鳴海は困惑した様子で首をかしげた。

「なんで急にそんなことを」

「昔から不思議に思ってたんだ。桜子なら世界的なソプラノになれたかもしれない。実際に留学の話だってあったでしょ」

　音喜多は驚いて鳴海を見た。

　すごいとは思っていたが、そんなレベルだったのか。

　鳴海はううん、と唇を曲げる。

「私は別に、留学なんてしたくなかったし」

「桜子のそういうところ、昔からすごく歯がゆかった。もっと上を狙えるのに、欲がないというか。神様はどうして桜子に才能を与えたんだろうって、ずっと妬ましかった。桜子は自分の才能をそんなにありがたがっていないし、生かそうとも、のばそうとも思っていない。そんな人に与えられるぐらいなら、私に才能をくれればよかったのにって。そうすれば世界に羽ばたいて、もっとすごい音楽家になってみせるのにって」

「世界に羽ばたかなくても、歌うことはできるし」

「わかるよ。昔から言ってたもんね。私たちは小さいころから、音楽をやることを強制されて、嫌になるほど反復練習させられて、親のはたせなかった勝手な希望を投影されてきた。子どもは親の自己実現の道具じゃない。世界的な音楽家になれなくたって、音楽を楽しむことはできるし、人を楽しませることもできる。だから親の敷いたレールから外れて、自分で選んだ自分の人生を歩みたい。そんなふうに考えるのはわかるし、言ってることは絶対的に正しい。でもさ、才能を与えられた人間には、それを生かす義務もあると思わない？　だって、死ぬほど渇望しても、それこそ好きでもない男と寝るような汚い手を使っても、望んで、手に入れることができない人間だっている」

「でも私は、才能のない人の思いを背負って歌うわけじゃないから」

残酷な言葉だと思う。けれど自然体で発せられた言葉には、なんの毒も棘《いばら》もこめられていないのがわかった。鳴海は、神岡を傷つけようと思って言ったのではない。素直にそう思うから言った。それだけだ。

だからこそ、才能のなさを自覚する人間には深く刺さったのかもしれない。神岡は大きく目を見開き、呆然《ぼうぜん》と鳴海を見つめている。

やがて小さく吹き出したかと思うと、肩を揺らし始めた。懸命に堪えているようだったが、ついには声を上げて笑い出した。

「そうだね。桜子は誰かの思いを背負ってるわけじゃない。だから聞いてて心地良いんだ。すごくよくわかった。だから桜子はすごいんだって。だから私は、ダメだったんだって」

「彩花はダメじゃないよ」

「うん。ダメじゃない。技術的に完璧じゃなくても、私には私の音がある。プロオケに入れなくても、音楽とは関係ない仕事で生活していても、どこでだって、私は自分の音を奏で続ける」

「なに当たり前のこと言ってるの」

鳴海はくすっと笑い、カップに口をつける。

「当たり前のことに気づくのに、信じられないような遠回りするんだよ、凡人は」

神岡も笑顔を浮かべ、カップを持ち上げた。

3

神岡彩花と別れた後に刑事たちが向かったのは、神奈川県川崎市《かながわけんかわさきし》だった。中原区《なかはらく》に住む竹之内愛美《たけのうちまなみ》という女性に会うためだ。田中が関係を持っていたという三人のうち、最後の一人だった。

ＪＲ南武《なんぶ》線武蔵新城《むさししんじょう》駅から徒歩五分の場所にあるアパートが、彼女の住まいらしい。

クリーム色の外観をした、二階建てのプレハブアパート。まったく同じような建物が三つ並んでいるので、大家が同じなのだろう。

そのうち向かって左側の建物の、外階段をのぼった二階突き当たりにある部屋が、竹之内の住まいだった。

インターフォンの呼び出しボタンを押し、しばし待つ。

反応はない。

「おかしいな」

音喜多は手帳にメモした部屋番号と、ドアスコープの上に取り付けられたプレートの数字を見比べた。間違ってはいない。

「隣の建物ってことはないですか」

建物名を確認しようと、鳴海が周囲を見る。近くに保育園か幼稚園でもあるのか、ピアノの伴奏に合わせた幼児の合唱が聞こえる。郵便配達のバイクが、アパートのすぐ前の道を通過していく。なんの変哲もない、のどかな住宅街の光景だった。

「いや。間違っていない」

同じ建物が並んでいるので、階段をのぼる前に確認したのだ。

「アポイントは取ってますか」

「電話したの、横で聞いてたろ」

東十条駅の改札をくぐる前、竹之内愛美に電話をかけたのだ。話を聞きたい旨を伝え、了承をえている。一時間半という移動の所要時間も見積もり通りで、約束の時間まであと五分ほど余裕があった。遅刻はしていない。

「どこかに出かけたのかな」

音喜多は電気メーターを見上げた。回転している。

逃げられたか。悪い想像が脳裏をかすめる。だが考えすぎかもしれない。近所のコンビニにでも出かけたとか、そんなところだろう。

「時間まで待つか」

外廊下の手すりに背をもたせかけ、腕時計に目をやった。

「っていうか、本当にこの建物ですか」

「ここだよ。間違いない」

「いちおう確認してきます」

鳴海が廊下を歩き、階段をおりていった。

「信用しろっての」

ふん、と鼻を鳴らし、竹之内が住んでいるはずの部屋の玄関を観察する。

扉の横に窓があり、台所用品のシルエットが磨りガラスに浮かび上がっている。駅からは近いが、外観も新しくなく、一人暮らしの女性にはセキュリティも心許《こころもと》ないようなアパートだ。このあたりの相場を考えると、家賃六万円といったところか。田中の情報によれば竹之内は二十四歳で、ほかの二人に比べれば音大を出てからそれほど経《た》っていない。川崎市内の中学校で、音楽教師をしているらしい。

音楽教師という安定した職を得てもなお、オーケストラ入団の夢を捨てきれないのか。

そういえばさっき、鳴海は望めば世界的なソプラノになれたかもしれないと、神岡が話していた。にもかかわらず、鳴海は警視庁を受験した。

無謀にも夢にしがみつく人間もいれば、誰もがうらやむ才能を持ちながら、あっさりとそれを捨てる人間もいる。対照的な構図だ。

いや、音楽隊採用の鳴海の場合は、夢を捨てたとは言わないか。

それでも世界レベルを狙える才能があるのなら、警視庁の音楽隊レベルで満足するのは無欲に近いと言えるんじゃないか。

そんなことを考えていると、たたたた、と慌ただしい足音が聞こえてきた。

鳴海が階段を駆けのぼってきたようだ。

「間違ってなかったろ」

鳴海は質問に答えずに、いきなり扉のノブを強く引いた。

開かない。

がん、がん、とそれでも何度も乱暴に引き続ける。

「なにやってんだ。壊れ……」

音喜多が言葉を切ったのは、ただならぬ空気を感じ取ったからだった。

「鳴海。どうした？」

こちらを振り向いた鳴海の、鬼女のように殺気を帯びた面相で、なにが起こったかを察した。

音喜多は扉の横の窓を開けようとした。施錠されていて開かない。

周囲を見回すと、隣室の扉の前の鉢植えが目に入った。鉢は陶器製で、名前も知らない植物が葉を茂らせている。

音喜多は鉢を両手で抱えて戻り、頭上に振り上げて窓に叩きつけた。

破砕音はあったが、思ったほど大きな音ではなかった。いくつかのパーツに分かれながら、ガラスが落ちる。窓枠に残ったガラスを鉢で窓の向こうに叩き落とした。部屋の奥に人影が見える。

女だった。

薄暗い部屋の最奥にある窓から差し込む逆光に、シルエットが浮かび上がっている。異様なのは、女の身体が宙に浮いていることだった。

竹之内愛美は首を吊って自殺を図ったのだ。

建物名が合っているのか様子を見に行った鳴海は、部屋の窓越しに宙に浮いた竹之内の影を発見したのだろう。

外から手を突っ込んでクレセント錠を外し、窓を全開にする。音喜多が侵入するには、少し窮屈な大きさだ。

「鳴海！」

すぐに意図が伝わったようだ。

鳴海が窓に手をかける。

音喜多は重ねた両手に鳴海の片足を乗せ、彼女の身体を押し上げた。

ガラガラと台所用品をなぎ倒す音がする。

「ガラス、気をつけろよ」

「大丈夫です」

鳴海の全身が部屋に入った。

シンクから床におり、内側から鍵を外して扉を開ける。

部屋に踏み入った音喜多はまずシンク下の収納を開き、包丁を手にした。

竹之内の身体は、こちら向きでカーテンレールにぶら下がっている。足もとの畳には失禁したらしき染みが広がっていた。倒れているスツールは、おそらく首を吊る際の足場にしたのだろう。

「脚を持ってろ」

鳴海が竹之内の膝のあたりを両手で抱きしめるようにして持ち上げる。

音喜多はスツールを起こし、その上に乗って、竹之内の首につながる紐《ひも》を切ろうとした。なかなか切れない。紐というより、太い布だ。なにかの衣類を紐代わりにしているらしい。早くしないと。焦りが手もとを狂わせ、自分の手を切ってしまった。手の甲の切り傷から血があふれ出す。だが痛みを感じる余裕はなかった。懸命に包丁を動かした。それでも布は切れない。

「まだですか」

鳴海の力んだ声が聞こえた。

「あとちょっと！」

そうは言ったものの、カーテンレールと竹之内の身体を完全に切り離すにはほど遠い。

ダメだ。このままじゃ埒《らち》があかない。

音喜多は包丁を放り投げ、カーテンレールに両手をかけた。

スツールからジャンプし、全体重をカーテンレールにかける。カーテンレールはみしり、と軋《きし》んだものの、思ったより頑丈だ。それでも何度か繰り返すうちに変形してきて、最後には真っ二つにへし折れた。

支えを失った身体を支えきれずに、鳴海が竹之内の下敷きになった。

音喜多は竹之内の身体を仰向けにして鳴海から剝がし、竹之内の頸動脈《けいどうみゃく》に手で触れる。

脈がない。呼吸もしていないようだ。

どう役割分担すべきか、迷ったのは一瞬だった。

「救急に通報、頼む！」

「はい！」

鳴海がスマートフォンで電話をかけ始める。

音喜多は竹之内のスウェットの鳩尾《みぞおち》に両手を重ね、強く押し込んだ。両手をまっすぐにのばし、体重をかけて胸が五センチ沈み込む強さで、一分間に百回。

講習で学んだポイントを思い出しながら胸部圧迫を続ける。胸が五センチ沈み込むには、大人の男の力でもかなりの強さで押し込まなければならない。すぐに汗が噴き出し、こめかみを伝い落ちた汗が、顎からしたたり落ちる。

「戻ってこい！」

ふと気づけば鳴海の姿がない。

あいついったいどこに消えやがった？

手を休めるわけにはいかず、音喜多は動きを止めた心臓に刺激を与え続ける。

やがて足音が聞こえた。バタバタとせわしない様子で、玄関からこちらに近づいてくる。

「バカ野郎！　こんなときにどこ行ってやがった！」

「これ！」

鳴海が赤いポシェットのようなものを両手で突きだしてくる。

ＡＥＤだ。心停止した心臓に電気ショックを与える、自動体外式除細動器。

「どこからこれを？」

「そこのコンビニです。そんなことより早く」

「ああ」

鳴海がＡＥＤの電源を入れ、アナウンスが流れ始める。

音喜多は竹之内のスウェットをまくり上げ、上半身を露出させた。鳴海が電極パッドを所定の位置に貼りつける。するとＡＥＤから、「身体に触らないでください」という指示が流れ、二人は竹之内から離れた。

ＡＥＤの心電図が作動する。

「ショックが必要です。充電中です」

充電までの時間がもどかしい。

「ショックボタンを押してください」

指示に従い、鳴海がＡＥＤのショックボタンを押した。

バチッと音がして、竹之内の身体が軽く浮き上がる。

「胸部圧迫をしてください」

機械の指示通りに、音喜多は胸部圧迫に戻った。

竹之内の胸を押し込みながら、鳴海に訊ねる。

「救急は？」

「通報済みです。たぶんもうすぐ到着するかと」

言ったそばからサイレンが聞こえてきた。

「さっきは怒鳴《どな》って悪かった」

消防への通報をしながら、近隣に設置してあったＡＥＤを取りに向かう。

鳴海の対応は完璧だった。音喜多はＡＥＤにまで頭が回らなかったし、そもそもコンビニにＡＥＤが置いてあることすら知らなかった。

鳴海がにやりと笑う。

「この人が助かったら、焼き肉ご馳走《ちそう》してくださいね」

救急隊を迎えに行ってきます、と、鳴海が部屋を飛び出していく。

そのときだった。

手の平にかすかな動きを感じた。

驚いて動きを止めそうになるが、まだ早い。この小さな拍動を大きく育てなければならない。汗だくになりながら手を動かす。

「戻ってこい！　戻ってこい！」

もはや気のせいではない。竹之内の心臓は、たしかに鼓動を刻み始めている。

ぴくり、とまぶたが動いた気がして、音喜多はようやく力を緩めた。

閉じていたまぶたが、ゆっくりと開く。

「大丈夫ですか。ここがどこかわかりますか」

竹之内が何度かまぶたを瞬かせる。

そのとき、鳴海が救急隊をともなって戻ってきた。

「蘇生した」

音喜多が告げると、鳴海は手で口を覆った。その目はほんのり潤んでいる。

竹之内が上体を起こした。

「気をつけて。無理しないで」

音喜多は背中に手を添えて、彼女の身体を支える。

「どうして……」

竹之内が音喜多を見た。「どうして助けたの。生きていても意味なんてないのに、消え去ってしまいたかったのに、どうして助けたの」

絶望を湛えた瞳に見つめられ、音喜多は言葉を発することができなかった。

4

小皿にカルビが置かれ、音喜多は顔を上げた。

対面の席で、鳴海がトングを握っている。

「どうぞ。食べてください」

「どういう風の吹き回しだ」

とはいえ、この焼き肉の代金は音喜多持ちだ。それでも鳴海がわざわざ肉を焼いてくれるなんて珍しい。

「元気がないから」

「元気がないことはない。勘定の心配をしていたんだ。おれまで腹一杯食ったら、いくらになると思う」

「わかりません。値段見てないんで」

「見ろよ。少しは遠慮したくなるだろうから」

「そうなったら困るから見ないんです」

確信犯かよ。

怒鳴りつけた代償は高くついた。

大泉中央署近くの焼き肉店だった。音喜多はロースターを挟んで鳴海と向き合っている。庶民的な外観だったので値段も庶民的だろうと踏んでふらりと入ったのだが、席についてメニューを開いた瞬間から、音喜多の後悔は続いている。

鳴海の前には肉の皿が何枚も並んでいるが、音喜多の前には白飯だけだった。

箸《はし》でカルビをつまみ、口に運んでみた。

美味い。高い料金を取るだけのことはある。

だが自分まで腹一杯食べたら、値段が……。

鳴海がトングで網から肉を剥がし、音喜多を見た。

「食べますか？」

口の中に溜まった唾を飲み込むと、漫画みたいにごくりと喉が鳴った。

こうなったら次の給料日までカップラーメン生活だ。

「くれ」

小皿に置かれたカルビを白飯に載せ、白飯ごとかき込んだ。

通りかかった店員を呼び止め、生ビールを注文する。

「よかった。体調不良ってわけじゃなかったんですね」

「どこまで本気で言ってる？」

鳴海がきょとんとしながら首をかしげた。

たまにこの女が本当にわからなくなる。すべてを見透かした上で転がされているようにも思えるし、こちらの買いかぶりでたんに無邪気なだけのような気もする。

運ばれてきたビールをいっきにあおり、ぷはーっ、と息を吐いた。

「美味しそうに飲みますね。私も――」

「それだけは勘弁してくれ。払いがこっち持ちだっていうのに、絡まれて嫌な思いはしたくない」

手の平を向けて遮ると、鳴海は不服そうに唇を尖らせた。

音喜多は頬杖をつき、ロースターに吸い込まれる白い煙を見つめた。

「なんか、せつなくなっちまうよな」

「なにがですか」

「まだ若いのに」

自殺未遂した竹之内愛美のことだ。

「まだ若いから、ですよ」

鳴海は口に入れた肉が嚙み切れないらしく、何度か顔を歪めながら咀嚼《そしゃく》を続け、最後はごくりと肉を飲み込んだ。

「あの若さにして、彼女の音楽家としてのキャリアは終わったんです」

「終わったっていうのは、言い過ぎじゃないか」

「言い過ぎじゃありません。彼女は二十四歳。一般的にはまだ若くて可能性に満ちているとされる年齢ですが、クラシック音楽の世界では、その年齢でなんら結果を出せていない演奏家が、その後輝かしいキャリアを築く可能性は、ほぼゼロです。音楽がダメならほかのことをやればいい。たしかにその通りだけど、それは音楽以外にも世界があることを知っている人の意見です。クラシック音楽家を目指すような人は小さなころからレッスンに明け暮れる毎日を送っていて、それ以外の人生の選択肢を提示してもらえません。クラシック音楽家になれなかったら。もちろんみんな、そういった不安を抱えてはいますが、立ち止まって悩むことすら許されない。悩んでいるうちに技術が衰え、ライバルたちに差を付けられてしまうから。そして音楽しかやらないで年齢を重ね、大人になったときに愕然とする。自分は偉大な音楽家になれない。だからといって音楽以外の生きる道が見えない。その瞬間から、長い長い余生が始まるんです」

だから田中の逮捕で絶望し、自ら命を絶とうとしたのか。

中学校の音楽教師だって立派な仕事だと思うが、自分の思い描いた将来とは違ったということだろう。

救急搬送された竹之内は命に別状なく、捜査員の問いかけにもはっきり答えているという。

竹之内は久米が殺害された九月六日には、学校に出勤していたことが明らかになった。久米殺害には関係していない。

「わからなくもないが、知らなくても怖くても自信がなくても、とりあえず外の世界を覗いてみればいいのに。案外、性に合うかもしれない」

「それができる人ならいいけど、できない人もいるんです」

「鳴海はどうだ」

音喜多の問いかけに、肉を網に並べていた鳴海のトングの動きが止まる。

「神岡彩花の話によれば、おまえはかなりのレベルの音楽家だったそうじゃないか。さぞ音楽漬けの毎日を送ってきたんだろう?」

「そうですね」

「そんなおまえが警視庁に入って、初めて音楽以外の世界を見た。どうだった？　悪くないと思ったのか、それとも、やっぱり音楽で上を目指すべきだったと後悔したのか」

「難しいな」

鳴海は腕組みをして唸る。

だが途中、焼けた肉を取り皿に避難させ、新たな肉を網に並べるのは忘れない。

「両方です」

「それって、回答としてはずるくないか」

音喜多は片眉を持ち上げる。

「でもそれが嘘のない率直な気持ちです。両方なんです。警察官になって、警察学校からそれまでの生活とはまったく違う価値観や環境に身を置いて、楽しいし、意外にやれるじゃんっていう自分に気づくし、自分がいかに狭い世界で生きてきたかに気づかされるし、警察官になってよかったと思います。でも同時に、狭い世界が懐かしくもなります」

「おもしろい意見だな」

音喜多はにやりと笑い、ビールのグラスを空けた。

店員を呼び止め、グラスを掲げてお替わりを注文する。

「鳴海はどうする？」

飲み物はいるかと訊いたつもりだったのに、彼女は「特上カルビと上ハラミ二人前」と肉を注文した。それから顔を引きつらせる捜査一課の刑事を見る。

「自分の視野を広げるって、あたかも良いことのように語られるけど、必ずしもそうではないと思うんです。だって、音楽に限らず、スポーツでもお芝居でも、ある分野で成功して第一人者になる人って、ほとんどが狭い世界で一生を終えるじゃないですか」

「言われてみれば、そうかもしれない」

「視野を広げていろんなことを知らなければならない人って、裏を返せば狭い世界だけでは生きていけない凡人だと言えます」

「極論だな」

「極論です。でも、そうは思いませんか」

「まあ、な」

正しいかどうかはわからないが、妙に説得力のある意見だ。

広い世界を望むのは、狭い世界では生きていけないから。

「そして広い世界を覗いてしまった人間は、もう狭い世界だけで生きていたころには戻れなくなる。それは良いことでもあるし、悲しいことでもある。音楽のことだけを考えて、良い演奏ができたかだけが重要で、演奏家として上達することだけが人生の一大事みたいな狭い世界の狭い視野って、そういうふうに生きられること自体がとても幸福だから。世の中のことはなにも知らない。関心もない。音楽だけが人生のすべてというのは、一般的な感覚では幼稚です。けれどすぐれた音楽家は、その感覚のまま一生を終えられるし、世間にもその感覚を許容してもらえる。それどころか、敬意すら集められる」

ビールと肉が運ばれてくる。

鳴海が空いた皿と引き換えに、肉の載った皿を受け取った。トングで肉をつかみ、網の上に綺麗に敷き詰めていく。

「一枚ずつ焼いて食べればいいじゃないか」

「肉が焼けるのを待つ時間が嫌いなんです」

「そんな勢いで食べていい値段じゃないんだけどな」

「だからです。自腹で食べるならもっとしっかり味わいます」

なんなんだ、こいつ。

音喜多は鼻に皺を寄せ、ビールを口に含んだ。

「しかし田中がシロだとすると、捜査は振り出しに戻った感があるな」

先ほど行われた捜査会議で、久米殺害について田中のアリバイが成立したという報告が上がった。事件のあった日、関東フィルのリハーサルを終えた田中は、その足で五反田に向かい、神岡彩花とホテルで過ごしていた事実が明らかになったのだ。神岡はスマートフォンのスケジュール帳に田中と会った日時を記録していた。田中は性欲処理のはけ口にした女に救われる結果となった。

さらには狭山泉美についても、久米殺しのアリバイが成立した。狭山はその日、別のオーケストラのエキストラとしてリハーサルに参加していたらしい。リハーサル場所のスタジオから久米邸への距離を考えても、リハーサル後に久米を殺害するのは不可能だった。

つまり田中は、封じる必要のない口を封じるために殺人を犯し、人生を棒に振ったことになる。

「外面を取り繕おうとするぶん、必ずどこかに歪みが生じているはずだと思ったんだがな」

「久米ですか」

焼けた肉を次々にトングで回収しながら、鳴海がちらりと音喜多を見た。

「結局、森田との不倫関係も田中の口から出任せだったし、その田中だって、久米を恨んでたわけじゃない。上司からも部下からも評判は上々。教え子にも慕《した》われていて、その保護者からも信頼を寄せられ、家族からも尊敬されている。まさしく文句のつけようのない人格者……そんな人間が実在するものなんだな」

音喜多はグラスを空けた。少し酔いがまわってきたので、壁に背をもたせかける。

「完璧な人格者だからこそ、コンプレックスを刺激されるというパターンもあります」

鳴海が箸で肉を口に運ぶ。

「わかってる。どんなに真っ当に生きていても、誰かの恨みを買う可能性はある。調べても調べても悪い評判が出てこなくて、会ったことのないおれですら、どこかに闇があるはずだ、必ず欠点があるはずだって、粗探《あらさが》しに躍起《やっき》になっちまう。完全なやっかみだな。まったく自分が嫌になるぜ」

「大丈夫ですよ。そんな音喜多さんの小ささを見て、励みになる人もいるでしょうから」

「どんなフォローだよ」

　店員を呼び止め、ビールのお替わりを注文した。テーブルにたいして横向きになり、肘をテーブルに載せる。

「とにかく、被害者が身ぎれいすぎてどこから手をつけていいのかわからん。誰にも嫌われていないし、誰とも揉めていない。こりゃ下手したら迷宮入りだぞ」

　両手を上げて降参の意を示す。

　口の中の肉を飲み込んでから、鳴海が口を開いた。

「鍵はやっぱり、ヴァイオリンじゃないですか」

　久米邸から消えたヴァイオリン。久米が演奏会で使用していたメインのヴァイオリンで、三百万円以上の価値があるという。その行方はいまだ判明していない。

「そうはいっても、ヴァイオリンに発信器がついてるわけでもない。古物商や中古楽器の買い取り業者に持ち込まれてもいない。海外に持ち出されていたらどうにもならないが」

「強盗団の仕業ならそういう可能性もあるでしょうが、背後から襲っていることから考えても、犯人はほぼ間違いなく久米の知人です。しかも四挺あるヴァイオリンから、もっとも価値のある一挺を見分ける鑑定眼の持ち主。犯人はおそらく、ヴァイオリンを自分の手もとに置いています」

「ヴァイオリン目当ての犯行ってことか。なんか納得いかないな」

価値のあるものとはいえ、金に換えようとすれば確実に足がつく。コレクター気質の犯人が、ヴァイオリン欲しさに久米を殺害したのだろうか。どうにも腑に落ちない。

「では、ヴァイオリンを守りたかった、とは考えられませんか」

鳴海は言った。

「守りたかった？」

「はい。犯人は被害者宅に火を放っています。結果的にリビングを半分ほど燃やした程度で済みましたが、発見が遅れていたら書斎まで火の手が及び、ヴァイオリンが焼損した可能性もあります。だから犯人は、現場から立ち去る際にヴァイオリンを持ち出したんです」

「盗んだのではなく、避難させた……ってことか」

考えてもいなかった。だが筋は通る。

音喜多は腕組みをして考えた。

犯人は背後から被害者を殴打し、昏倒した被害者に直接火を点けようとしたものの、上手く着火しなかったために、カーテンを助燃材に使用した。それからリビングに移動し、ラックに立てかけてあった四挺の中から、被害者がメインで使用していた価値の高いヴァイオリンを選び出し、ケースに入れて現場から持ち去る。

「……なぜ火を点けた？」

火を放ったのだから、明確な殺意があったのだろう。であれば、自身の手で攻撃を加えるほうが確実だ。なのに犯人は一度しか殴っていない。現場に落ちていた馬の彫像は左前脚が欠けていたものの、凶器として使用不可能なほど破損していたわけではない。そのまま二度三度と打撃を加えて、撲殺してしまえばよかったのだ。

「手口に違和感がありますよね。殺意は明らかなのに、躊躇も見られる」

真剣な顔で言ったかと思うと、鳴海は店員を呼び止めて壺《つぼ》カルビを注文した。

まだ食う気か。

少しは遠慮しろと言ってやろうと思ったが、鳴海が口を開くほうが早かった。

「明日、被害者の妻子を訪ねてみませんか。捜査の経過報告もしないといけないし」

「そうだな」

二人はいま、世田谷区成城《せいじょう》にある母方の実家に身を寄せているらしい。

「そういえばおまえ、あの子とＬＩＮＥ交換してたよな。連絡取り合ってるのか」

運ばれてきたお替わりのビールを飲みながら、音喜多は訊いた。

「たまにです」

「中学生とどんな話をするんだ」

「映画の話とか」

そういえば事件発生時にも、太陽は池袋に映画を観に出かけていて留守だった。

「意外だな。鳴海は映画好きなのか」

「いいえ、ぜんぜん。興味もないし」

ビールを噴き出しそうになった。

「それじゃ話、盛り上がらないだろ」

「そうですね。でも、困ったらスタンプ送ればいいし」

なにげない台詞だが、音喜多には聞き捨てならなかった。

「スタンプって、困ったら送るものなのか」

「そうとは限りませんけど、なんて返したらいいか迷ったときとかには、スタンプ返しておけばなんとかなるみたいな感じではあります」

音喜多はスマートフォンを取り出し、娘とのトーク画面を開いた。音喜多からの長文への返信は、ほとんどスタンプだ。

結菜のやつ、反応に困ってたのかな。

「どうしたんですか」

鳴海が腰を浮かせ、液晶画面を覗き込もうとする。

「なんでもない」

音喜多がスマートフォンを隠そうとしたとき、その手に振動が伝わった。

液晶画面には、最上の名前が表示されている。

「もしもし」

『音喜多。いまどこだ』

「署の近くの焼き肉屋だよ。ただ飯食らいの相棒とメシ食ってる。おまえも来るか」

店の名前は、と周囲を見回す。

『すぐ戻ってこい』

そのときようやく、最上の声が興奮でうわずっているのに気づいた。

「どうした」

『久米を殺したという女が自首してきた』

「なんだと？」

音喜多はよりかかっていた壁から背中を剝がす。

壺カルビの壺を両手で抱えた鳴海が、不思議そうに目をぱちくりとさせた。

第六章

1

取調室の扉を開くと、デスクの向こうで女が顔を上げた。

痩せた、顔色の悪い女だった。長い髪を後ろで結び、目の下に浮かんだ濃い隈《くま》と落ちくぼんだ頬が、彼女を老婆のように見せている。とても四十代後半には見えないし、つい数か月前まで、ステージで照明を浴びていた人物とは思えない。

久米を殺したと自首してきた女は、桜田真央と名乗った。

三か月前まで関東フィルの楽団員だったが、認知症の母親の介護のために退団した人物だ。弦楽四重奏団の一員でもあったため、久米とはかなり親しい関係でもあった。

「おはようございます」

音喜多は被疑者の緊張をほぐそうと微笑んだ。桜田の対面の椅子を引く。

「少しは眠れましたか」

「いいえ」

この顔を見ればわかるだろう、とでも言いたげな笑みだった。

桜田の自首が夜遅い時間であったため、本格的な取り調べは翌朝から行われることになった。おかげで酒を抜く時間ができ、取調官に立候補することができたのだった。

「これからあなたの取り調べを担当します、警視庁捜査一課の音喜多弦です。こんな中世ヨーロッパの作曲家のような見た目だし、音とか弦とかいう字が名前に入っていますが、実はなんの楽器もできません」

えへへ、という誘い笑いは不発に終わった。

「近世です」

「え？」

「ベートーヴェンやモーツァルト、バッハなど、いわゆるクラシック音楽の有名な作曲家のことをおっしゃりたいのなら、中世ではなく近世のルネサンス期以降です。中世時代にも宗教音楽は存在しましたが、一般の方が想像するようなオーケストラによる管弦楽とは異なるものでした」

「そうなんですね。すみません。一つ、勉強になりました」

不発どころか逆効果だ。頬が固まる。

「私は音楽についてまったく不案内なのですが、記録係の鳴海は、実は音大出なんです」

壁際でパソコンに向かっていた鳴海がこちらを向いた。

「よろしくお願いします。私は桜田さんの後輩でもあります」

「そうなんですか。専攻は？」

桜田の閉じ気味のまぶたが、わずかに見開かれる。

「声楽です。器楽専攻の神岡彩花とは友人です」

「そうだったんですか。神岡さんには、関東フィルのエキストラを紹介したの」

「知ってます」

桜田の口ぶりから察するに、神岡と田中の関係については知らないらしい。

「こんなところで後輩と会うなんて、お恥ずかしい限りです」

「私もこんなかたちでお会いしたくありませんでした」

桜田が沈痛な面持ちで瞑目《めいもく》する。

鳴海がどうぞ、と頷き、パソコンのディスプレイに視線を戻した。

「久米さんを殺害した、とおっしゃっているそうですが」

深呼吸が挟まる。

「間違いありません。私が殺しました」

「なぜでしょう。久米さんとの間に、なにかトラブルがあったのですか」

「借金をしていました」

「久米さんから？」

桜田は頷いた。

「三年ほど前から母が認知症になり、介護しながら仕事を続けていました。遠征の公演には同行できないことも多く、そうなると手当も付かないので、手取りが減って苦しくなっていました」

「借金はいつ、いくらほどなさったのですか」

「困ったときに都度、お願いしていたので、いつ、とはっきり申し上げられないのですが、総額で八十万円近くです」

桜田が申し訳なさそうに目を伏せる。

音喜多はデスクの上で両手を重ねた。

「久米さんから返済を求められていたのですか？　私は直接、存じ上げず、捜査で周辺人物から話を聞いただけの印象ですが、困窮《こんきゅう》している友人から、借金を取り立てようとする人物には思えないのですが。久米さん自身、八十万円が急ぎ必要だったようにも思えません」

率直な印象だった。経済的に余裕のある暮らしをしていたようだし、聞き及んだ人物像からも、八十万の金に目くじらを立てるようには思えない。それぐらいの金額なら、むしろ困っている友人に施すのではないか。私が勝手に息苦しくなっただけです」

「返済を求められたことはありません。

「だから、殺した？」

「はい」

桜田の力ない視線が、デスクの一点を捉えている。

ふうと息をつき、桜田は話し始めた。

「事件当日のことを、話してもらえますか」

「あの日、久米さんの家を訪ねたのは、午後四時過ぎでした。関東フィルのリハーサルが三時に終わるのは知っていたので、真っ直ぐに帰れば家にいるはずの時間です。履歴が残ってはいけないと思っていたので、電話もメールもせずに、いきなり自宅を訪ねました。彼は驚いていましたが、それでも嫌な顔一つせずに私を家に上げてくれました」

「久米さんとはどんな会話を？」

「私の近況を気にしてくれているようでした。母の病状や、私が眠れているのかなどを質問されました」

「不快になることを言われたりは？」

「ありません」

かぶりを振って否定された。

「それなのに殺したのですか」

「最初から決めていましたから」

「殺害の方法は？」

「馬の彫像です。お手洗いを借りるために席を外し、戻ってきたときに、チェストの上に飾ってあった馬の彫像を手にし、ソファに座っていた彼の背後から頭を殴りました。彼は口から泡を吹いて、動かなくなりました。その様子を見て、もう後戻りはできないと覚悟を決め、窓から外したカーテンをかぶせて火を点けました。そのとき、彼の使っていたシメオネ・モラッシーを思い出したんです。楽器に罪はありません。私は書斎に行き、モラッシーを手にして彼の家を出ました」

桜田は出頭するとき、ヴァイオリンの入ったハードケースを手にしていた。鳴海の見立てでは久米の愛器で間違いないらしいが、念のために専門家に見てもらっている。

「なぜ火を点けたのですか。殺しが目的ならば、何度も殴ればよかったとは思いませんか」

「人を殴る感触が怖かったんです。人を殺した人間の言うことではないかもしれませんが、あの嫌な感触を、あれ以上味わいたくなかった。だから火を点けました」

蘇《よみがえ》る過去の映像を見たくないというように、桜田が目を閉じる。

「不可解なのは、なぜいまになって自首してきたのか、です。正直に申し上げますと、あなたはノーマークでした。捜査線上にまったく名前が挙がっていなかった。今後もそうだったかはわかりませんが、逃げ切れた可能性もある。なのにどうしていまになって」

「母が死んだからです」桜田はまぶたを開けた。「昨日、荼毘《だび》に付しました。久米さんを殺してからずっと、罪の意識にさいなまれてきましたが、認知症の母を独りにするわけにはいきませんでした。でも、もう母はいません。だから自首することにしました」

音喜多は椅子の背もたれに身を預ける。

「人を殺したと自首してきた方に、こういうことはあまり言わないのですが、私には、あなたが人を殺したようにはとても思えない」

桜田は微動だにしない。

「まず動機が納得できない。久米さんが八十万円をあなたに貸し付けたというのは、本当かもしれません。ですが彼は返済を催促していない。おそらく、返済はいつでもいいという感じで、ほとんどあなたにあげるつもりで貸し付けたのではないでしょうか。ただ、あげるかたちにするとあなたが遠慮するから、あえて貸し付けるという名目にして」

「そうだと思います」

「それなのにあなたが勝手に息苦しくなって、ましてや殺人にまで及ぶなんて、不自然きわまりない。善意が息苦しくなる気持ちはわかります。完璧な人間の完璧さが、ときに妬ましかったり疎ましかったりするという経験は、私にもある。しかしそれで人を殺すなんて、到底信じられない」

「どうかしていました」

感情の機微《きび》がまったく感じられない口調だった。

「ほかに動機があるんじゃないですか。たとえば、あなたと久米さんが男女の関係にあったとか、それならまだ納得できる」

「ありません」

きっぱりと否定された。

「まったくなかったのですか。現在進行形でなくても、過去に交際していたとか、どちらかが一方的に思いを寄せていたとか」

「ないです。あくまでただの友人でした」

「ただの友人なのに、殺したんですか」

「そうです。彼はまったく悪くない。あのときの私はどうかしていたんです」

「そんな説明で納得しろと？」

「人の気持ちって、そんなに簡単に説明できるものですか」

桜田の瞳に、今日初めて強い抵抗の意思が覗く。

このまま桜田を逮捕することはできる。詳細に語られた犯行の模様に齟齬《そご》はないし、被害者宅から持ち去られたヴァイオリンを持っていた。なにより、彼女自身が犯行を認めている。

桜田の言う通り、人の気持ちや行動は単純ではない。信じられないほど小さな動機で人を殺すことだってありえるし、良好に見える人間関係が、見た目通りであるとは限らない。

だがこのまま桜田を被疑者にしてもいいのか。

ふいに、桜田の視線が自分から微妙に逸れているのに気づいた。音喜多ではなく、音喜多の右側に注意を向けているようだ。

桜田の視線を辿って、驚きのあまり椅子ごと倒れそうになる。

そこには鳴海が立っていた。

「びっくりした。なにやってるんだ」

音喜多の問いには答えず、鳴海は桜田に訊いた。

「太陽くんにヴァイオリンを教えていたの、桜田さんじゃないですか」

「は？」

藪《やぶ》から棒になにを言い出すんだと思ったが、口を挟むのはやめた。

桜田の顔に、これまでにない動揺が表れていたからだった。

2

「な、なにをおっしゃっているんですか……？」

ようやく絞り出したような、桜田の声だった。

「太陽くん。久米さんの一人息子です。ご存じですよね」

「ああ、あの子ですか。久米さんのホームパーティーで見かけたことがあります。その子がどうしたんですか」

「ヴァイオリンをやってるんです。でも、それを親には内緒にしていたみたいです」

「なぜ隠す必要が……？　父親がヴァイオリニストなのに」

「そこなんです。私も不思議に思っていました」

鳴海の前に出る圧力に押され、音喜多は思わず席を譲っていた。

音喜多に代わり、鳴海が桜田と対峙する。

「一流の演奏者を父親に持っているのに、どうして親に内緒にしなければならないんだ……って。でも太陽くんの立場になって考えてみれば、当然かもしれません。だって太陽くんは小さいころにヴァイオリンを習ったけど、すぐにやめちゃったんです。久米さんは、息子にヴァイオリンを強制することはしませんでした。本当にすごい人格者ですよね。だってクラシックの演奏家は、ほぼ例外なく幼少期に親からレッスンを強制されてきているんです。桜田さんもそうですよね」

「え、ええ」

「私もそうでした。最初にやった楽器はピアノでしたけど、遊びに行きたいのにレッスンを受けさせられて、泣きながらピアノに向かった記憶があります。その結果、すぐれた演奏技術を手に入れた。だから私たちのような人間にとって、嫌がる子どもにレッスンを受けさせるのは当然なんです。一般社会では虐待すれすれの狂気じみた教育方針だけど、そうしなければ一流の音楽家は育たないと信じているから。自分たちがそうだったから。それなのに久米さんは、我が子にレッスンを強制することはせず、のびのび育てた。すごいと思います」

「そうですね。私もそう思います」

　鳴海に賛同を示してはいるが、桜田の口調には困惑の色が強い。

「だけど、人の気持ちって変わるじゃないですか。自我の曖昧な子どものころはとくに。小さいころは嫌で嫌でしょうがなかったヴァイオリンに、興味が出てくることだってある。ましてや太陽くんの場合は、お父さんが一流のオケマンとして尊敬を集める存在です。またやってみたいって思うのは、わりと自然な心境の変化だと思います。思いません？」

「はい」強引に頷かされた、という調子の頷きだった。

「でも無理なんです」

鳴海はテーブルに両手をつき、身を乗り出した。

桜田は気圧《けお》されたように身を引く。

「だって、クラシック音楽家になるような人たちは、ほぼ例外なく幼少期から厳しい鍛錬《たんれん》を重ねているから。そこに親による虐待すれすれの強制が働いていたとしても、その厳しい鍛錬があるから、どろんこになるまで公園で遊んだり、休日に家族で遊園地に出かけたりするはずだった幼い時期を犠牲にしたからこそ、高度な技術を手にしている」

「ですが、みんながみんな、プロの演奏家を目指す必要はありません」

「もちろんそうです。いくつになってからでも楽器を始めるのはいいことだし、技術が拙くても、曲を演奏するのは楽しい。でも親がトップクラスのプロオケマンで、なおかつ幼少期に一度レッスンを投げ出していた太陽くんが、もう一度ヴァイオリンを始めたいなんて、親に言い出せるでしょうか。もはやプロを目指すなんて口が裂けても言えない年代に差し掛かっていて、お父さんの教え子は、自分の年齢の半分ぐらいなのに、はるかに自分より演奏技術の高度なエリートたちです」

なるほどと、音喜多は思う。

プロオケマンの父親に初心者向けのレッスンをしてくれとは言えないし、だからといってプロオケマンの父を持ちながら、街の音楽教室に通うとも言い出せない。だから太陽はヴァイオリンを練習しているのを隠した。

　とはいえこっそり練習するにしても、楽器と場所が必要だ。

「桜田さんのご自宅は埼玉県《さいたまけん》新座市。ここからだと電車で三、四十分ほどの距離です。太陽くんはあなたの家に通って、ヴァイオリンを練習していたのではありませんか」

「違います」

「なぜ否定するんですか」

「事実ではないからです」

「それならなぜ、あなたは久米さんのヴァイオリンを持っていたのですか」

「おい、ちょっと待て」

　音喜多は思わず割って入った。

　鳴海の口ぶりだと、まるで……。

　だが音喜多を無視して、桜田と鳴海の対決は続く。

「それは先ほど説明しましたよね」

「返済の催促すらされたことのない借金が負担になって殺人に及んだなんて、信用できません。まだ痴情《ちじょう》のもつれのほうが納得できます」

「私と久米さんには、なにもありませんでした」

「借金の返済も催促されていないんですね？」

「同じことを何度も言わせないでください」

ようやく沈黙が訪れた。

デスクを挟んで二人の女が見つめ合っている。

「あなたは殺人の罪をかぶろうとしています」

「かぶろうとしているのではなく、私が殺したんです」

「それなのに、久米さんから借金の返済を催促されたとか、久米さんと恋愛関係にあったというのは、かたくなに認めません」

「事実と異なるからです」

「おそらく、久米さんの名誉を守りたいからです」

桜田は言葉に詰まったようだった。

「どういうことだ、鳴海」

なにが起こっているのか、わけがわからない。

鳴海が桜田を見たまま答える。

「桜田さんはおそらく、責任を感じているんです」

「なんの」

「太陽くんに父親を殺させてしまったことの」

「なにを言ってるんですか」

桜田は全身から怒気を発散させていた。

「桜田さんは、自分が太陽くんにレッスンを施したことが、殺人につながったと考えているんじゃないでしょうか」

「根拠はあるのか」

「ありません」

　力強く断言され、ずっこけそうになる。

「けど音喜多さんも、彼女が殺したとは思っていませんよね。動機が犯行に結びついていない。あまりに不自然すぎます」

「私がやったんです」

「ほら」と鳴海が桜田を指差した。

「こんな殺人犯、見たことありますか。違うって言われてるのに、自分から逮捕されたがって、罰を受けようとしている」

　音喜多だけでなく、桜田も意表を突かれたようだ。

「そんなに犯人になりたければ、借金トラブルでも痴情のもつれでも、それらしい理由をこじつけてしまえばいいんです。被害者宅からなくなったヴァイオリンという、大きな物証だってあるのだから。そうすれば望み通り逮捕されて、罰を受けることができる。それなのにその点だけを強硬に否定するのは、被害者の名誉を守りたいからにほかなりません。

人格者として知られる久米充が、八十万ぽっちの金を困窮する元同僚から取り立てようとしていた、あるいは、元楽団員と不倫関係にあった。そういうことにはしたくないんです。罪をかぶって事件を終わらせたいけど、被害者の名誉を毀損する結果にしたくないという考えが透けて見えます」

「違います。いい加減にしてください」

桜田の抗議はあえて耳に入れないようにしているかのように、鳴海がたたみかける。

「そうまでして守りたい相手は、誰なのか。真っ先に浮かぶのは家族ですが、桜田さんは独身ですし、お父さまはすでに亡く、最近お母さまを亡くされたばかりの、いわば天涯《てんがい》孤《こ》独《どく》の身です。交際相手でもいればその相手をかばっていると考えられますが、いまのところそういう存在は判明していません。認知症のお母さまの介護のために関東フィルを退団しなければならなかったぐらいだから、誰かと交際するような余裕もなかったのかもしれない。じゃあ、誰をかばうのか……そこで浮かび上がるのが、被害者の息子である太陽くんの存在です。太陽くんは、両親に隠れてどこかでヴァイオリンを弾いていました。きちんとした音楽教室に通っていたら両親に隠すことは難しいので、誰かから無償で個人的にレッスンを受けていた可能性が高い」

「憶測でしょう。こんな取り調べがあっていいんですか」

桜田の言う通りだ。

「鳴海。いったん落ち着こう」

肩に手を置くと、振り払われた。

「私は落ち着いています」

「早く私を逮捕してください」

「するもんか！　無実のくせに！　あなたが犯人でない証拠を、ぜったいに見つけてやる！」

鳴海はよく通る声でとても刑事とは思えない捨て台詞を吐き、憤然と取調室を出て行った。

取り残された音喜多は、遠ざかる足音を聞きながら思う。

どこが落ち着いてるんだ。

3

音喜多と鳴海は、世田谷区成城にある久米悦子の実家に向かった。

豪壮な邸宅が建ち並ぶ住宅街にある、美術館のようなコンクリート造りの建物だ。久米悦子の父は、国内有数の電機メーカーで社長をしているらしい。

門扉をくぐって玄関に向かうと、悦子が扉を開いて待っていた。最初に会ったときより顔色が良くなっている。

音喜多は安堵すると同時に、これから起こることを考えると暗い気持ちになった。

鳴海は久米太陽を疑っている。現時点では根拠のない憶測に過ぎない。太陽が親に内緒でヴァイオリンを練習していたであろう推理と、桜田のちぐはぐな犯行動機を結びつけ、強引にストーリーを作り上げているように思える。これが別の人間の意見であれば、ミステリー小説に登場する名探偵にでもなったつもりかと一蹴しただろう。

だが鳴海だ。

おそらく真実が暴かれる。

二人の刑事は広い応接間に通された。一面の窓に面して花柄の大きなソファがコの字型に並べられており、中心に大理石のローテーブルが鎮座している。

「今日は捜査の経過報告にうかがいました」

音喜多の斜め向かいで、悦子が頷く。

「田中さんが逮捕されたのはニュースで見ました。あんなことをしていたなんて、考えもしませんでした」

由緒あるオーケストラでフォアシュピーラーが入団希望者に性的関係を強要した挙げ句、口封じのために殺害したというニュースは、マスコミで大きく報じられたようだ。いまも週刊誌には、田中の過去やプライベートを暴くような見出しが躍っている。

桜田真央が久米充を殺害したとして出頭したことは、まだ公にされていない。

「やはり主人も、田中さんが……？」

「いいえ。田中のアリバイが成立しました。田中はご主人が殺された手口を真似ただけのようです」

「本当ですか？」

とても信じられないという、悦子の口ぶりだった。

「間違いありません」

「でもじゃあ、いったい誰が……」

「太陽くん。いますよね」

鳴海は太陽の在宅を確信している口ぶりだった。

「いますけれども」

「話をしたいので、呼んでいただけますか」

「事件のことを思い出させるのもかわいそうなので、できれば控えていただきたいのですが」

「それはお母さまの意見ですよね。太陽くんはそう思っていません」

悦子は不審そうに眉根を寄せた。

「そんなことありません」

「そんなことあります」

鳴海は自分のスマートフォンを取り出した。

「私、太陽くんとはＬＩＮＥ友達なんです。今日、家に行くことも、訪問時間も伝えているし、彼からはお待ちしていますと返信をもらっています」

「あ、あなた。人の息子と勝手に連絡を取り合わないで」

「なにかわかったら教えてほしいと、彼のほうから言ってきたんです」

「でもあの子はまだ中学……」

悦子が言葉を切ったのは、我が子の登場に気づいたからだった。

Ｔシャツにジーンズというラフな格好をした太陽が、扉を開けて部屋に入ってくる。

「太陽。あなたは部屋に入っていなさい」

「心配してくれるのはありがたいけど、僕は大丈夫だよ、お母さん。もう中学生だし、自分のことはよくわかっている」

「でも……」

「刑事さんたちは、お父さんを殺した犯人を捕まえようと、頑張ってくれているんだ。僕たちもできる限り協力しないと」

太陽はそう言って、母親の隣に腰掛けた。

音喜多と鳴海、悦子と太陽が斜めに向き合うかたちになる。

「鳴海さん、おすすめした映画、観てくれましたか」

「ごめん。事件が解決しないと観る時間が作れないんだ」

鳴海が顔の前で合掌する。

えーっ、と少年が不平の声を上げる。

「本当に観てくれるのか、怪しいな。だって鳴海さん、映画ぜんぜん知らないんだもん」

「時間ができたら観る」

「本当かなあ」

友達同士のような会話だった。事前のＬＩＮＥのやりとりで、相当打ち解けたらしい。

「それで、捜査はどうなっているんですか。父を殺した犯人は捕まりそうですか」

太陽が膝に手を置き、身を乗り出してくる。

音喜多と鳴海は互いの視線を合わせた。

音喜多が切り出す。

「実は昨晩、犯人を名乗る女が出頭しました」

母子の顔色が変わる。

「本当ですか？」

悦子の声は興奮でうわずっていた。

「桜田真央という女性をご存じですか。数か月前まで関東フィルに所属していたヴァイオリニストなのですが」

音喜多の視線は悦子を通り越して、太陽に向けられていた。

ああ、と内心で天を仰ぐ。太陽の表情の変化で、鳴海の推理が正しかったと直感したのだった。

「聞いたことのある名前です」

悦子にはその程度の認識のようだ。

「カルテットのメンバーでもありました。ご主人主催のホームパーティーにも参加したことがあるようです」

「あの真央さんですか？」

鳴海の説明でピンときたようだ。

鳴海は太陽に視線を向ける。

「そして太陽くんのヴァイオリンの先生でもありました」

悦子の眉間に皺が寄る。

「なんですって？」

母に視線で説明を求められ、息子がかぶりを振った。

「最近は弾けてないみたいだね。右手人差し指のタコが小さくなっている。この家にはヴァイオリンがないみたいだから、しかたがないか」

鳴海は天井の高い部屋の中を見回した。

「なにをおっしゃっているんですか」

悦子の目は、不審者を見るときのそれだ。

「太陽くんはご両親に内緒でヴァイオリンを習っていたんです。最初に会ったとき、右手人差し指のタコと、左手の硬くなった指先で気づきました」

「そんなの、私は知りませんけど」

「お母さんには言っていないのだから当然です。一度投げ出してしまった手前、またやりたいと言い出せなかったのでしょう。子どものころからいろんなことを犠牲にして続けていないと、一流になれない世界です。トッププロのお父さんにレッスンをつけてほしいなんてとても頼めないし、お母さんにも、ヴァイオリンをまた習いたいとは言い出せなかった。だから、桜田さんに頼んだんです。ホームパーティーに参加していた桜田さんと面識はあったし、桜田さんはお母さまの介護のために関東フィルを退団しました。オーケストラの遠征に同行することはできなくても、こちらから自宅に出向けば、時間を作ってもらうのは可能です」

「太陽。本当なの？」

「違う」

太陽がかぶりを振る。

「本人は違うと言っているんですが」

「それなら、その右手人差し指のタコはどう説明するの？」

　鳴海に指摘され、太陽は右手をさりげなく隠すような動きをした。

「ペンダコならば通常、右手中指にできる。右手人差し指の親指側の付け根付近にできるのは、ヴァイオリンを演奏するときに弓があたるから。そのタコ、どうやってできたのか、教えてくれないかな」

「これは、別に……」

　太陽が母に救いを求めるような顔をする。

「なんなんですか、いったい」と、悦子が語気を強めた。

「タコの位置がどうこうというのは、楽器を演奏しない私にはよくわかりません。もしかしたら鳴海さんのおっしゃる通り、息子は私たちに内緒でヴァイオリンを演奏していたのかもしれない。でもそんなの、どうでもいいことじゃないですか。多感な時期なんだし、なにかをするときに、いちいち親に報告するわけがないでしょう。それをまるで犯人扱いして――」

「犯人です」

　空気が凍り付き、音喜多は思わず目もとを手で覆った。

「ヴァイオリンをやっていたのなら、久米允さんを殺したのは太陽くんだと、私は考えています」

鳴海がご丁寧に繰り返す。

「あなた、なにを言い出すの！　いま、犯人は桜田真央だと言ったばかりじゃない！」

「違います。犯人だと名乗り出ただけで、私は桜田さんが犯人だとは思っていません。真犯人は太陽くんです。そうだよね？」

鳴海が太陽に語りかけるのを、「やめて！」と悦子が遮った。

「どうして太陽が犯人になるの！」

「ヴァイオリンをやっていたのなら、お父さんの楽器に関心があったはずです。お父さんが留守のときに書斎に忍び込んで、お父さん所有のヴァイオリンに触れたりしたことぐらい、あるかもしれません。少なくとも無関心では、ぜったいにない。それなのに、池袋のホテルで最初にお話をうかがった際、太陽くんはお父さんの高級なヴァイオリンについて、なにも知らないと答えました。その回答では不自然なんです。私は太陽くんが、消えたヴァイオリンについてなにか知っていると考えました」

鳴海は最初から太陽を疑っていたのかもしれない。だからＬＩＮＥを交換して連絡を取り合い、探りを入れていたのだろうか。

「だからって、どうして太陽が犯人になるの」

悦子は息子を守ろうと必死だ。

「ヴァイオリンの行方に心当たりがあるのに、その事実を隠すのには、三つの理由が考えられます。自分自身が犯人か、自分は犯人ではないがその一味か、犯人をかばっているか、です」

「事件が起きたとき、太陽は映画を観に行っていたの！」

「一人で、でしたよね。サッカー部の練習が休みになったので、映画館に出かけた。たしかそう言っていました」

「半券だって見せたはずですけど」

ねえ、と息子に同意を求める。

だが顔面蒼白の息子に、答える余裕はないようだ。

「複数で出かけたのならともかく、一人で映画を観たというのは、アリバイとして弱すぎます。シネコンの窓口でチケットを購入し、入場した後ですぐに出ればいいだけですから」

やはり――音喜多は確信した。

鳴海は最初から太陽を疑っていたのだ。ＬＩＮＥを交換し、雑談の中で映画の話をしたのは、太陽が本当にその映画を観たのかをたしかめるためだったのだろう。

「太陽くん」

鳴海は真っ直ぐに太陽を見つめた。

太陽は視線を受け止めることができずに、そっぽを向いている。

「桜田さんは太陽くんを守るために、自分が犯人になろうとしている。桜田さんとの間で、どういう話し合いがあったのかはわからない。太陽くんは頼んでいなくて、桜田さんのほうからすすんで身代わりを買って出たのかもしれない。たぶんそうだと、私は思っている。桜田さんは認知症のお母さんのためにプロオケを辞めて、そのお母さんも亡くしてしまい、自暴自棄になっている。すべてを失った自分よりも、未来のある太陽くんが自由を手にするべきだと考えている。でもそれじゃダメだよね？　人を犠牲にして自由を手にしたところで、大人になって必ず後悔する。後悔しない根っからの悪人もいるけど、きみはそうじゃない。やさしい心を持っている。だから——」

肉を打つ乾いた音が反響した。

悦子が鳴海の頬を平手打ちしたのだ。

「帰ってください」

「太陽くん。この前、森田さんに会いに行ったよね。お父さんと不倫しているのか、森田さんに確認したって聞いた。お父さんのこと、尊敬してるし、好きなんでしょう。でもなにかのきっかけで、お父さんを——」

「帰れ！」

子を守ろうとする、母の金切り声だった。

太陽は刑事たちと視線を合わせようとせず、テーブルの一点を見つめている。だが罪から逃れようとしているというより、罪を告白するべきか葛藤《かっとう》しているように、音喜多の目には映った。もう一歩だ。あと一押し。

しかし母親をここまで怒らせては、そのあと一押しができない。

「帰って！　早く帰って！」

悦子が鳴海の肩を押し、続いてこぶしで殴ろうとする。

音喜多は鳴海の腕を引き、立ち上がった。

「鳴海。帰ろう」

「今日のところは、帰ります。またあらためて」

音喜多に引きずられながら、鳴海が言う。

「二度と来ないで！」

「太陽くん。じゃあね」

「帰れ！」

部屋を出て行く間際、一瞬だけ太陽が顔を上げてこちらを見た。なにかを躊躇しているような、そんな表情だった。

「おまえ、なにやってんだよ」

門扉をくぐって敷地から出ながら、音喜多は言った。

「すみません。話せばわかる相手だと思っていたのですが」

「焦る気持ちはわからんでもないけどな。このままだと、桜田を逮捕する流れになる。そうなれば誤認逮捕だ」

鳴海が顔を上げた。

音喜多は髪をかきむしる。

「ここに来るまでは半信半疑だった。だがあの男の子の表情を見て、おまえの主張が正しいと確信した。あの子はなにかを隠してる。それはおそらく、父親を殺したという事実だ。だが、母親のいる前で追及するのは悪手だったな。被害者は自分の旦那で、犯人が息子だぜ？　あんなことを言われて、はいそうですかと黙って聞き入れるわけがない」

「あとちょっとだったんですけど」

鳴海が珍しくしょげ返っている。

「おれもそう思ったが、ああなってしまったら同じ手は使えない。母親は警察が息子に接触するのを許さないだろう。もう桜田を落とすしかない」

とはいえ、もはや失うものがなくなった相手だ。他人の罪を背負う悲壮な決意をし、自ら出頭したあの女に、真実をしゃべらせるのは容易ではない。さらには早急な幕引きを図る上層部が、桜田を逮捕しろと圧力をかけてくることも予想される。なにしろ逮捕に必要な材料は揃っている。そうなると、現場がどこまで粘れるか。

二人で駅に向かって歩く。だがその足取りは重い。

「それにしても、なぜ桜田は、そこまでして久米太陽をかばう？」

母親を亡くして天涯孤独の身になり、自暴自棄になっているのはわかる。独身で子どものいない桜田にとって、ヴァイオリンを習いに来る太陽は、息子同然だったのかもしれない。それでも犯した罪を肩代わりしてやることが、少年の将来に良い影響を与えないことぐらいわかるはずだ。

鳴海は顎に手をあてて虚空を見上げた。

「久米太陽をかばうことが、久米充の名誉を守ることにもつながるから、じゃないでしょうか。桜田は久米から借金していた事実を認めながら、督促はされていないとかたくなに主張しています。さらには、久米充との不倫関係も否定している。どうしても犯人になりたければ、しつこく返済を迫られていたとか、久米との別れ話がもつれたとか、嘘でもいいから認めればよかったんです。そうすればすんなり逮捕され、彼女の望み通りになる。でもそこだけは認めないから、ちぐはぐな供述になる。その言動から、動機と犯行は結びつかないけど、人格者として知られる久米の名誉を守りたいという桜田の心境だけは、はっきり伝わってきます」

「桜田は久米に恋愛感情を抱いていたのだろうか？」

「だと思います。もしかしたらすぐれた技術と人格を併せ持つコンマスへの敬意とか、同じオケやカルテットで活動をともにしてきた仲間への同胞意識、あるいは友情、そういった感情と混同して、自覚はないのかもしれませんが」

「だよな。久米充のことを好きだったからこそ、その息子にも愛情を抱いた。でなきゃいくら自暴自棄になっていても、身代わり出頭までしない」

音喜多の脳裏には、最後に見た久米太陽の複雑な表情が浮かんでいた。鳴海の懸命な訴えに、心を動かされているように見えた。少なくとも、罪から逃れられて安堵している顔ではない。

「久米太陽が犯人だとすれば、動機はなんだ」

そこがわかれば、バラバラのピースがつながるはずだ。

「久米充は評判通りの人格者でした。同僚からの信望も厚く、悪い評判がまったくない。当初疑われた入団希望者への性加害や同僚との不倫も、フォアシュピーラーの田中が自らの所業をカムフラージュするために発した事実無根の話だった。その田中ですら、久米充にたいして悪感情は抱いていません。カルテットのコンサート収益を慈善団体に寄付し、久米に師事する教え子やその保護者からの評判も上々です」

「家族には違う顔を見せていた、という可能性は？」

外面の良い男が家庭では暴力を振るう。けっして珍しい話ではない。

だが鳴海は微妙な反応だ。

「可能性がないとは言いませんが、違和感はあります。妻も息子も、父親にたいして尊敬の念を抱いているように見えました。太陽くんだって、内緒でヴァイオリンを練習するぐらいだから、父親への憧れはあったはずです」

音喜多も同感だった。暴力の吹き荒れる家庭には、言葉では言い表せない独特の空気感があるものだ。久米家にはそれを感じなかった。

「おれには正直わからん」と顔をしかめる。

「クラシック音楽家の家庭には、凡人《ぼんじん》には知りようのない独特の文化というか、価値観がある気がする。まあ、家庭っていうのはそれぞれ独自の文化を持っているものだが、クラシック音楽家の家庭となると、音楽に造詣のないおれには想像もつかない。嫌がる子どもに無理やりレッスンを受けさせるなんて、おれの感覚ではありえないしな。人それぞれといえばそれぞれなんだが、親が子どもの進路を勝手に決めているようで、どうしても抵抗を覚えてしまう。それでも高度な技術を身につけて、プロの演奏家として大成できれば親に感謝もするんだろうが」

「音喜多さんの言ってることはわかります。幼少期から厳しい鍛錬を積み重ねないと、すぐれた演奏家にはなれない。だからといって我が子にそれを課すのは、親のエゴにほかなりません。私だって小さいころ、泣いて嫌がったのに強引にピアノのレッスンを受けさせた母親にたいしての感情は複雑です。自分が大人になってみたら、余計にそう思います。

どうして我が子にそんな仕打ちができたのか。そこまでして娘をプロの演奏家にすることに、なんの意味があるのか」

「だが久米家の場合は、そういった衝突もなかった。久米は嫌がる息子に強制することもなかった。後になってヴァイオリンに興味を持った息子にしてみれば、少しは強制してくれていれば、いまごろもっと上手く演奏できたのに、ぐらいの思いはあったかもしれない。とはいえ、自分の意思で楽器をやめたんだもんな。そんなもので父親を恨みはしないか」

「久米充は、有望な子どもたちに自宅でレッスンを施していました。息子はそれを見て、嫉妬みたいな感情が湧いたんじゃないでしょうか」

「だから殺したって？」

疑念をこめて語尾を持ち上げると、鳴海は肩をすくめた。

「そこまではしませんね。よその子へのレッスンの模様を見て、自分もまたヴァイオリンを弾きたいと刺激を受けた部分は、あったかもしれませんが」

「それは間違いなくあるだろうな」と言って、ふと思いつく。

「こういうのはどうだ。桜田に師事してひそかにヴァイオリンの練習を重ねていた久米太陽は、ある日、父親にその事実を打ち明けるんだ。ところが、一度レッスンを投げ出した息子に、父親の反応はひややかだった。だから息子はかっとなって殺した。どうだ。これなら桜田が責任を感じもするんじゃないか」

鳴海はううん、と曖昧な反応だ。

「たしかにそういう経緯があれば、桜田はひそかにレッスンを施した自分にも責任があると思うかもしれません。でもヴァイオリンを始めた息子に、久米充がひややかな反応をしたというのが、これまでの捜査で浮かび上がった人物像とそぐわない。だって久米は、クラシックの裾野を広げようと活動していたんです。太陽くんがいまからプロの演奏家を目指すと宣言したなら止めたかもしれませんが、趣味で演奏するぶんには、歓迎したのではないでしょうか」

「我が子には違ったかもしれない」

「そんなに二面性が強かったなら、あれほど家族から尊敬されるでしょうか」

「尊敬されてても、最後は殺されてるわけだしな」

音喜多は髪の毛をかきむしった。

「やっぱおれにはわからん。あまりにも感覚が違いすぎる。おれの感覚では、子どもが嫌がってるのにレッスンを受けさせるのは虐待だ。だがクラシックの世界では、それが許容されているんだろう?」

「でないとすぐれた演奏家にはなれませんから」

「で、技術を身につけて演奏家になったら、親に強制されていたことを感謝するようになる。そうしないと技術が身につかないというのは理解できるし、スポーツの世界でも自分の夢を子に投影する親はいるからクラシック音楽に限らないと思うが、おれに言わせりゃ異常だ。子どもには押しつけられたものが正しいかそうでないか、客観的な判断ができないんだからな」

鳴海が目と口を大きく開き、ショックを受けたような顔になる。

ちょっと言い過ぎたかもしれない。なにかフォローの言葉を口にしなければと思ったが、音喜多の解釈とは違う感情を抱いていたらしい。

「そうですよね。大人から押しつけられたものが正しいかどうか、子どもには判断できないんです」

「そ、そうだよ」

「私も子どものころ、ピアノの先生からやらされた運指の練習にどんな意味があるのかわかりませんでした。わけもわからず、先生がそう言っているから正しいに違いないと思ってやるんです」

「だろう？　わけもわからないうちに『正しさ』を押しつけるやり方には、どうしても抵抗がある。一流の演奏家を養成するためには、必要なことだとしても」

それはともかく、なぜ鳴海がこんなに興奮しているのか理解できない。

「一人、話を聞きたい相手がいます」

そう言う鳴海の頬は、かすかに紅潮していた。

4

音喜多と鳴海が大泉中央署に戻ったのは、夕方になってからだった。

捜査本部で再度、桜田からの事情聴取を行いたい旨を告げると、いまは取調室で最上が事情聴取の最中だという。

取調室の扉をノックすると、最上が出てきた。

「おう。来たか」

「どんな具合だ？」

「どうもこうもない。自分が殺したから早く逮捕してくれ、の一点張りだ。自供してるし、被害者のヴァイオリンっていうお土産《みやげ》持参だしで、上がさっさと逮捕状請求しろってうるさくてな。そろそろ限界だったぞ」

最上は時間稼ぎをしてくれていたらしい。

「恩に着る」

「おまえのためだけじゃない。最初に桜田から話を聞いたのはおれだ」

「彼女が逮捕されたら面子が潰れるって？」

「バカ言うな。おれが守りたいのは自分の面子じゃない」

「じゃあなんだ」

「言わせるな」

最上は照れ臭そうに鼻の下を指で擦った。

「真犯人は落とせたのか」

「まだだ。だが、重要な事実が判明した」

ほう、と最上が片頬を吊り上げる。

「おれが粘った甲斐《かい》はあったってわけか」

「感謝する」

「言葉よりも態度で示してほしいな。今度メシでもおごれ」

「それならこの近くに美味しい焼き肉屋さんを知ってます」

後ろから鳴海が会話に加わってくる。

「あそこはダメだ」高すぎる。

「なら、そこだな」

最上は愉快そうに言い、音喜多の肩に手を置いた。「後は頼んだ」

「行くぞ」と記録係に声をかけ、部屋を出て行った。

入れ替わりに取調室に入る。

取り調べに疲れ切った顔をしていた桜田の目が、鳴海の顔を見たとたんに吊り上がった。

肩をいからせ、記録係の席で椅子を引く女性刑事を睨みつける。

「楽団長の赤坂さんから聞いた話では――」

音喜多は桜田の注意がこちらに向くのを待って、続けた。

「亡くなった久米さんは熱烈なブルックナーファンだったそうです。ご存じですか」

「もちろんです。ブルックナーの交響曲をプログラムに入れたいと、よく言ってました」

桜田はなぜそんな質問をするのだろうと、不思議そうに首をかしげながら答える。

「ブルックナーの曲は難解で、男性のファンが多い――裏を返せば、女性受けが悪かったそうですね」

「はい。私は嫌いではありませんが」

かすかな苦笑が浮かぶ。

「鳴海に聞いた話なんですが」と、背後に控える鳴海を顎でしゃくる。

「ブルックナーは生涯独身だったが、七十二歳で死ぬまで、恋愛の対象はつねに十代の少女だったとか。九度女性に求婚して九度断られ、最後の九度目に至っては、六十八歳で十六歳の少女に求婚したそうです。そりゃ断られますよね。ブルックナーは極度のロリコン……というか、むしろ変質者に近かった」

そこからは鳴海が引き継いだ。

「だからこそ、あれだけ不気味で興味深い曲が作れたんだと、私は思います」

「やっぱりすぐれた芸術家というのは、どこかネジが外れているところがあるのでしょうか。人と違うからこそ、並外れた感性を発揮して、多くの人の心を動かすことができる」

「私はそう思いたくありませんが、天才と呼ばれる作曲家や演奏家に、変人が多いのは事実です。ブルックナーは変質者だったし、ショパンは被害妄想が酷かったと言われています。モーツァルトはスカトロ趣味丸出しの書簡が残されているし、ドビュッシーに至っては、女癖が悪すぎて奥さんがピストル自殺しています、それも一人ではなく二人」

　鳴海が二本指を立てる。

「久米さんは、クラシック演奏家は作曲者の人生や曲の時代背景を学び、作曲者がどんな思いをこめたのか、想像しながら演奏すると、よくおっしゃっていたそうです。でも本当に作曲者の人生を学んで知ってしまえば、感情移入が難しくなってしまうのではないかと、私なんかは考えてしまいました。それとも久米さんは、作曲者の人生をよく学んだ上で、ブルックナーに共感していたのでしょうか」

「なにがおっしゃりたいんですか」

　さっきまで鳴海だけに向けられていた敵意が、いまは音喜多にも向いている。

「山添健人くんに会ってきました。久米さんが指導されていた、四人の子どものうちの一人です」

　桜田の目が、驚愕《きょうがく》に見開かれる。

音喜多はデスクの上で手を重ね、椅子に座り直した。

「レッスンの内容を、詳しく聞いてきました。健人くんの話では、レッスンのたびに、久米さんからヴァイオリンが上手くなるための『おまじない』を施されていたそうです。一流の演奏家はみんなやってきたことで、『おまじない』の内容を口外すると、効力がなくなると教えられていたそうです。健人くんは『おまじない』の効果を疑っていたものの、一流のオケマンである久米さんの言うことだから間違いないのだろうと、自分に言い聞かせていたようでした。加えて、お母さんが頼み込んで受け入れてもらったレッスンを、やめることになっては申し訳ないという思いもあったようです」

久米に絶大な信頼を寄せていた山添健人の母親は、レッスンで行われていたことを知って絶句していた。健人もレッスンを受け始めた小学二年生のころは『おまじない』を疑うこともなかったが、さすがに小学四年生になったいまでは、久米に卑猥《ひわい》な悪戯《いたずら》をされている自覚があったようだ。だが演奏家としてすぐれた実績を残しており、それ以外の部分でも『おまじない』以外は尊敬できる人格者である久米が、自分に性的虐待を加えていると信じたくなかった。だから誰にも相談せずに耐えた。

「太陽くんはおそらく、久米さんの裏の顔を知ってしまったのだと思います。これ以上、幼い子どもを被害に遭わせたくなかったし、尊敬するお父さんの汚れた部分を見たくなかった。だから殺した。その後自宅から避難させたヴァイオリンを、あなたのもとに持って行った。違いますか」

桜田が口もとを歪める。認めるべきか迷っているようだ。

「なにを守りたいのですか。太陽くんですか。それとも、久米さんの評判ですか。子どもに口を噤《つぐ》ませて築き上げた周囲の評価に、意味などあるでしょうか」

桜田が唇を引き結び、抵抗の意を示す。

「どんなにすぐれた技術を持っていても、ほかの人にとってすぐれた人格者であっても、一人にたいする加害行為の擁護にはなりません。その一人が、まだ善悪の区別も曖昧な子どもであったらなおのことです。久米さんは自身の権威と立場を利用して、子どもたちに消えることのない傷を残した。けっして許されることではありません。それでもまだ、あなたは彼をかばうのですか。人格者という彼の虚像を守ろうとするのですか。そうであれば、あなたは久米さんの共犯者だ」

「違う」と桜田が視線を鋭く反論した。

「彼を想っていたのは事実ですが、彼が裏で行っていたことを知ってもなお、彼の評判を落としたくないと願うほど、盲目《もうもく》ではありませんでした。私が守りたかったのは、太陽くんの未来です」

落ちた。

全身を興奮が駆け巡る感覚を味わいながら、音喜多は確認した。

「太陽くんが久米充さんを殺した。それで間違いありませんね」

数秒の間を挟んで、桜田が頷く。

「はい。そう聞いています」

「詳しく話していただけませんか」

「そうです。あの日、突然太陽くんが訪ねてきました。目が泳いで、息を切らして、ただごとではない様子でした。彼はお父さんの愛器であるシメオネ・モラッシーの入ったハードケースを持っていました。私は彼を家に上げて話を聞きました。母は認知症が進行して私が誰かもわからなくなっていたし、ほとんど寝たきりだったので、誰かの目を気にする必要もありませんでした」

桜田は自宅の居間に太陽を上げた。ヴァイオリンのレッスンのために週に何度か桜田の家に通っていた太陽にとって、そこは慣れ親しんだ場所のはずだった。だが太陽は初めて来た場所に怯える犬のように、そわそわと落ち着かない様子だった。

桜田の出したグラスの麦茶を一気に飲み干し、太陽は言った。

——お父さんを、殺した。

「最初はなにを言われているのかわかりませんでした。だって太陽くんは、お父さんのことが大好きだったんです。ヴァイオリンだって、お父さんに憧れて始めたのに」

「太陽くんにヴァイオリンを教えるようになったきっかけは？」

「関東フィルを退団するときに、久米さんが自宅で送別会を開いてくれました。そのとき、団を去る私へのはなむけとして、久米さんがヴァイオリンでパガニーニのカンタービレを弾いてくれたんです。私は泣いてしまいました。二十年以上前、関東フィルのヴァイオリニストオーディションで私が弾いた曲だったんです。曲の途中で横からこっそりハンカチを差し出してくれたのが、太陽くんでした」

演奏が終わった後、桜田は太陽に話しかけた。ハンカチの礼と、洗ってから返すということ、そしてあなた自身はヴァイオリンを弾かないのか、という質問。

「太陽くんは、もう一度やってみたいけど、小さいときに投げ出した手前、親に言い出せないと言いました。たしかに、お父さんがあの久米充だったら、初心者にレッスンをつけてくれなんてとても言い出せません。その気持ちはよくわかります。だから、私が教えてあげようか、と申し出たんです。私の家は久米さんの家からそれほど遠くなかったし、介護生活で自由に出歩くのは難しくても、家に来てもらうぶんには時間に融通が利きます。私自身、社会と切り離されてしまうのが怖かったし、それに、正直に言うと、太陽くんに若いころの久米さんの面影を見出《みいだ》してもいました。さっきも言いましたけど、私は久米さんのことが好きでした。入団したときからずっと。途中で彼が悦子さんと付き合いだして、結婚したときにはもう諦めようとしたけど、彼以上に魅力的な男性には出会えませんでした。だから、悦子さんから奪おうとか、そういうのはなくて、遠くから彼を見守っていれればいいと思うようになりました。彼の息子にヴァイオリンを教えることで、彼を身近に感じたかったのかもしれません」

幼少期に少しかじった経験があるとはいえ、太陽は完全に初心者だった。それでも気分が荒《すさ》みがちな介護生活に潤いを与えてくれたし、太陽自身も熱心に練習し、みるみる上達していった。もちろん、プロの演奏家を目指すという次元ではない。それでも上達の早さには驚かされたし、それほど父への憧れが強いのだと解釈していた。

そんな少年が突然、父を殺したのだ。

にわかには信じられない。だが、まぎれもない事実だった。

「どうしてそんなふうになったのか、訊ねました。原因が思い当たらなかったんです。太陽くんは理由を話したくないみたいで、言いたくない、忘れたい、と繰り返していました。しばらくしてようやく落ち着いてきたらしく、話してくれたんです、『おまじない』のことを」

子どもたちのレッスンは、いつも父の書斎で行われていた。書斎から漏れ聞こえてくる美しい音色は、子どもの奏でるものとはとても思えなかったという。太陽はその音に聴き惚れながら、ヴァイオリンへの想いを募らせていった。そして父の留守時には書斎に忍び込み、ヴァイオリンに触れるようになったらしい。

その日も太陽は、父の書斎の扉を開いた。学校から帰ってしばらく物音が聞こえなかったので、父が留守だと思ったのだ。

ところが父はいた。幸いなことに、扉には背を向けていたので気づかれなかった。

しゃがみ込んだ父の向こうには、父がレッスンをつけているはずの少年が立っていた。少年は楽器を手にしていないどころか、衣服を身につけていなかった。

「太陽くんにとって、最悪の裏切りだったと思います。おおっぴらに悪評が立つぐらいのほうが、まだ許せたはずです。子ども相手に、しかも自分の立場を利用して、一生残るかもしれない傷をつけた」

桜田の唇は震えていた。

太陽はどうするべきか悩んだ。悩んだ挙げ句導き出したのが、父の正体が世間にバレる前に、完璧な人格者のまま逝かせるという答えだった。

映画館でチケットを購入し、いったん入場した後ですぐに退場してアリバイを作り、自宅に帰って父を後ろから殴った。

火を点けたのは、すべてを燃やしてしまいたかったからだという。汚れた父だけでなく、汚い行為が繰り返されたこの家のすべてが、なくなってしまえばいいと思った。ところがメラメラと燃えるカーテンを見ているうちに、怖くなった。父に裏切られた。父が憎い。だが同時に、父のことが大好きでもあった。太陽は書斎に向かい、父の愛器であるシメオネ・モラッシーを手にした。コンサートでいつも使用するその愛器だけは、レッスン生に触れさせない。父はそう話していた。太陽にとって、それは父そのものだった。

ハードケースにしまったヴァイオリンを持って、太陽は桜田の家に向かったのだった。

「太陽くんは最初、自首するつもりだったんです。警察に行く前に、火災から守ったクレモナ・モラッシーを預けるため、私の家を訪ねたと話していました」

「でもあなたが止めた」

音喜多は感情を抑えた声音で言った。

「ええ」

「どうしてですか」

「どうして？」

なぜそんなくだらない質問をするのかと、嘲《あざけ》るような口調だった。

「彼には未来があるんです。子どもに性的な悪戯をするような父親のために、人生を棒に振らせたくない。それだけです」

「事件発生から、あなたが久米さんを殺したと出頭してくるまで、かなり時間が経っていますね。出頭を決めたのは、あなたのお母さんが亡くなったからですか」

「そうです。娘のこともわからなくなったとはいえ、たった一人の母です。一人きりで逝かせるのは忍びないので、出頭は母が逝ってからにしようと決めていました。もっとも、早い段階で太陽くんに疑いがかかるようなことがあれば、予定を早める可能性もありましたが、その必要はなかった。もう人生に悔いはないんです」

「よくわかりました。あなたの供述をもとに、これから太陽くんを任意同行して話を聞きたいと思います」

桜田が、ふうっ、と諦めたような長い息をつく。

「私を逮捕していればよかったのに」

「罪を犯していない人は逮捕できません」

「でも私が逮捕されれば、丸く収まった。私には失うものはありません。太陽くんには未来があった。それに太陽くんが逮捕されることで久米さんの裏の顔が明らかになり、彼に悪戯されていた子どもたちが好奇の目に晒《さら》されます。太陽くんを逮捕することで、多くの人間が不幸になる」

背後で椅子を引く音がした。

立ち上がった鳴海が、デスクに歩み寄ってくる。

「気づいてますか」

「なにが」

桜田はたじろいだ。

「音喜多さんがした、ブルックナーの話」

「それがどうしたの」

「私が音喜多さんに吹き込んだんですけど」

「そんなのわかってるわよ」

　自分を指差す鳴海に、桜田が鼻を鳴らす。

「ブルックナーが生涯独身だったのは、ロリコンで、子どもや孫といってもおかしくない年代の若い女ばかりを恋愛対象にしていたからだ、というエピソードは、ある事実を暗示しています」

「だからわかってるってば。久米さんが小さな子どもたちに悪戯していた。久米さんは世間で言われるような人格者じゃない。そう言いたかったんでしょう」

「違います」

　否定されるとは思ってもいなかったらしく、桜田が目を見開く。

「じゃあ、なんだったっていうの」

「あなたです」

　自分に向けられた人差し指を見つめていた桜田が、ふいに息を呑んだ。

　鳴海はにっこりと笑う。

「ブルックナーは、あなたのことを暗示しています。あなたは、太陽くんに恋しているんです」

「なに言ってるの？　そんなわけないじゃない」

「なぜですか。あなたは太陽くんを守るために自らを犠牲にしようとした。並大抵の覚悟でできることではありません」

「それは、母も死んで私に失うものがなくなったからで……」

「だからといって、血のつながりもない中学生の罪をかぶろうなんて、普通は思いません。あなたは太陽くんに恋しているんです。自己犠牲の根源は母性や庇《ひ》護《ご》欲《よく》ではありません。恋愛感情です」

「違う。だって親子ほども年が離れているのに」

「だからブルックナーの名前を挙げたんです」

音喜多は桜田が激高《げっこう》するかと思ったが、そうはならなかった。

桜田は初めて自らの感情に気づき、そんな自分に戸惑《とまど》うかのように、愕然としている。

「あなたは、太陽くんに恋しているんです」

女刑事の言葉に反論したものの、ほぼ無意識の反射だった。

彼女の視界からは、二人の刑事が消え去っていく。その代わり、無数の観衆の視線を感じるようになった。

ここはどこだろう。ステージに立っているのだろうか。

違った。

鮮明になった視界に現れたのは、劇場の客席ではない。体育館のような広大な空間に長机が並べられ、パイプ椅子に座った四十人ほどの男女が、険しい表情で真央のことを見つめていた。

見覚えのある光景。懐かしい緊張感。

ようやく思い出した。

オーディションだ。二十年以上前に受けた関東フィルのヴァイオリニストオーディションの場に、真央の意識は戻っていた。

真央は関東フィルのヴァイオリニストたちの前で、左手にヴァイオリン、右手に弓を持って立っている。

「どうしたんですか」

正面に座った白髪にひげ面の男は、当時のコンマスである小林という男だった。技術は高いがやや神経質な性格で、周囲に緊張を強いるタイプの上司だった。

小林が人差し指でこめかみをかく。後で知ったが、それは彼が苛《いら》ついているときのサインだった。

真央は慌ててヴァイオリンをかまえる。チンレストに顎を載せ、右手に持った弓を、弦の上に置いた。

ふわふわと宙に浮いている感覚だった。憧れの関東フィル。ようやく巡ってきた入団のチャンス。この機を逃したら、次のオーディションはいつになるかわからない。緊張を制圧するだけの練習を重ねてきたつもりだが、それでも吐く息が震えているのがわかる。

「どうしたの。早くして。オーディション受けるのはきみだけじゃないんだから」

小林の尖った声にせき立てられるようにして、右手を動かそうとした、そのときだった。

「ちょっと待ってもらえますか」

集団の後方から、眼鏡をかけた男が手を上げて立ち上がった。

「なに。久米くん」

小林がうっとうしそうに振り返る。

立ち上がったのは、若き日の久米だった。

「お手洗いに行ってきてもいいですか」

楽団員たちからどっと笑いが起きる。

緊張した空気が、いっきに弛緩した。

「きみ、何度トイレに行けば気が済むんだ」

「すみません。昨日食べた刺身が悪かったのかもしれません」

後に同僚から聞かされた話だが、そのとき久米は受験者の緊張を見てとると、トイレに立つふりをして場を和ませていたのだという。自分だけにやさしかったのではない。少しだけ落胆したし、それ以上に好感につながった。

だがそんなこととは関係なく、真央は最初から恋に落ちていた。

引っ込み思案な性格だったために、積極的なアプローチはできない。当時の久米は入団二年目の若手に過ぎなかったが、それでも高い演奏技術と周囲への細やかな気配りで、同僚たちから一目置かれる存在だった。あいつはコンマスになるよという、定年寸前のベテラン楽団員の予言はいくらなんでも気が早いと思ったが、後に的中することになった。

つねに仲間たちに囲まれる人気者には、自分では釣り合わないと思った。久米が関東フィルが新国立劇場でのオペラ公演に参加したのがきっかけで知り合った、イベント企画会社の女性と付き合い始めたと知ったときには落ち込んだが、だからといって自分が先に告白しておけばよかったとは思わなかった。プライベートでは叶わなくとも、演奏では久米に必要とされる存在になろうと練習を重ねた。久米が結成するカルテットのメンバーとして声をかけられたときには、天にも昇る気持ちだった。

恋心は胸の内に秘めたまま、ずっとそばにいられればそれでよかった。好きな人が幸せに生きている様子を間近で見ていられれば、それで満足だった。

パガニーニのカンタービレを聴いて涙を流しているとき、こっそりハンカチを差し出されるまでは。

さりげなくハンカチを差し出してきた太陽は、若いころの久米の面影を湛えていた。

太陽にヴァイオリンを教えることで、久米とつながっていられると思った。久米の息子に自分の技術を伝えることで、久米の遺伝子に自分という存在を刻み込めると思った。だからヴァイオリンの個人レッスンを買って出た。

久米のことが好きだから、久米とつながっているために。

あくまでそのつもりだった。

だがいつの間にか、太陽自身を愛し始めていた。

潤んだ視界に久米が映る。

久米は退団する仲間へのはなむけとして、パガニーニのカンタービレを演奏してくれた。正確無比な運指と指さばきで紡ぎ出される、美しいメロディー。技術だけではない。一流の演奏家は感情を表現し、聴衆の目に存在しない景色を映し出す。

長い間、ともに歩んだ戦友の顔には、年齢相応の皺が刻まれている。肌の色もくすみ、張りも失われた。だが容姿の衰えとは対照的に、ヴァイオリンの音はまろやかになり、高音はよく歌い、円熟みを増している。長く寝かせたワインのような、味わい深い演奏だ。

ふいに、ヴァイオリンを奏でる久米の顔が、若返っているのに気づいた。皺が消え、肌つやもよくなり、精悍《せいかん》な顔つきに変わってくる。

中年が青年になり、さらに遡って少年になる。ひげ剃《そ》り跡《あと》が消え、背が低く、手足が短くなる。

太陽だった。

太陽がヴァイオリンで、パガニーニのカンタービレを奏でている。超絶技巧を必要とするパガニーニの中でも比較的難易度が低い曲だが、ヴァイオリンを始めたばかりの少年に演奏できるものではない。

実際にはありえない、しかし桜田の見たかった光景だった。

その光景が涙で滲み、ぼやける。

ぎゅっと目を閉じてふたたびまぶたを開くと、そこには現実があった。

音喜多と鳴海が、憐《あわ》れむような目で桜田を見ている。

そのとき、奥の扉が開き、坊主頭の男が入ってきた。さっきまで桜田を事情聴取していた、最上という刑事だ。

最上が外に出ろという感じで顎をしゃくり、鳴海が廊下に出て行く。

かすかな立ち話の気配が続いて、鳴海が戻ってきた。

「久米太陽くんが、お母さんに付き添われて出頭してきました。太陽くんは、自分がお父さんを殺したと話しているそうです」

全身から力が抜ける。

終わった。すべてが終わった。

私の人生も、恋も——。

5

店員に案内されて襖《ふすま》を開くと、狭い個室にはすでに最上がいた。しかもすでに酒を飲んでいる上に、すでに出来上がっているのか、顔が真っ赤だ。

「もう飲んでるのか」

「おまえが遅いからだろうが」

ややろれつの怪しい口調で言い、早く上がれという感じに手招きする。

音喜多は靴を脱いで揃え、個室に入った。

「遅いって言ったって、せいぜい十分だろう」

ジャケットを脱ぎながら、腕時計を確認する。約束の時間を八分ほどまわったところだった。

「二人とも、少し早く着いちゃったんだ」

そう言ったのは、最上の対面に座っている男だった。固太りの丸い肩を狭め、ビールのジョッキを口に運ぶ姿が窮屈そうだ。

「おまえ、本当に高田《たかだ》か？」

「おいおい。ふざけんなよ。おまえが会いたいって言うから来てやったのに」

男が笑いながら手を振る。

音喜多にとっては冗談でもなんでもなく、ほぼ無意識に口をついた本音だった。音喜多の知る高田政夫《まさお》は、ほっそりとした美青年だった。色白で頬がこけていて、少し病的な印象だったが、ぼんやり抱いていた音楽家の繊細で神経質なイメージと妙にマッチしていた。

ところがいま音喜多の目の前にいるのは、熊のぬいぐるみのような愛嬌《あいきょう》たっぷりの中年男だ。よく見れば目鼻立ちにかつての美青年の面影を感じ取ることができるが、それもほんのわずかだった。たぶん廊下ですれ違っても気づかないし、もしかしたら本当に、何度もすれ違っていたのかもしれない。

「ビールでいいか」

最上が注文用のタブレット端末を操作する。

ほどなく音喜多のビールが運ばれてきて、あらためて三人で乾杯した。

「ここは下手したら、警察学校以来か」

最上がほかの二人を交互に指差す。

「おれはこの前、見かけたけどな」

高田が音喜多を顎でしゃくる。

「そうなのか。どこで」

「大泉中央署の駐車場。防災フェアに出るときに、待機所にさせてもらったんだ」

「あのときか」

思い出した。冴島椿という鳴海の同期が声をかけてきた。

「そうそう。あのとき、一瞬目が合った気がしたんだけど、気のせいだったみたいだな。声をかけようとしたら、さっさと歩いて行っちゃったから」

高田が笑う。

「音楽隊がいるのは知っていたが、おまえもあの場にいたとは」

音喜多は言った。

「いるに決まってるだろ。隊長で指揮者なんだ。おれがタクトを振らないと、演奏は始まらないんだぜ」

高田が立てた親指で自分を指差す。

「そうなんだが、まさかおまえが隊長になってるとは思わなかったからさ」

音喜多の知る高田は、いちトランペッターだった。

「何年か前までは、おれも自分が指揮者になるとは思わなかった」

「今年の四月からか」

最上は酔いが回ってきたらしく、上機嫌だ。

「そうだ。もう半年は過ぎたか。いまでも慣れない。隊員たちから前任者と比べられてるんだろうなと思いながら、ビクビク振ってるよ」

高田が見えない指揮棒を振る。

その指揮棒をふと止めて、「おまえたちだって、二人揃って天下の捜一とはな。同期として鼻が高い」と二人の同期を見る。

「そんな良いもんじゃねえよ。人間の嫌な部分ばっか見せられて……な」

最上が悪態をつくのは、たぶん照れ隠しだ。

「大泉中央署に来てたってことは、あれだろ？　『大泉男性放火殺人事件』」

高田が言う。

「音楽隊で話題になってたのか」

音喜多の質問に「そりゃもう」と大きな頷きが返ってくる。

「あの関東フィルのコンマスが殺されて、犯人が息子だった。しかも入団希望の女にちょっかいかけてたフォアシュピーラーが、その女を殺すっていう事件まで絡んだもんだから、大騒ぎだよ。事件解決から一か月経ったいまでも、一日に一度はその話題になるな。久米充がレッスンにかこつけて児童に性的な悪戯をしてたって報道があった日には、泣き出す隊員もいたな。あの久米さんがそんなことをするなんて……って」

「ファンの間でも、久米充は人格者として通っていたのか」

音喜多は皿に盛られた枝豆に手をのばす。

「まあな。理知的な風貌だし、語り口も穏やかでユーモアがある。なにより、久米がコンマスになってから関東フィルの音がワンランク上がった。もっとも、おれは最初から怪しいって思ってたがな」

「本当かよ」音喜多は笑った。

「本当だよ。完璧すぎてうさんくさかったんだ。完璧な人間なんて、ぜったいに存在しないだろ？　完璧に見える人間は、完璧に見えるよう取り繕ってる。なんで取り繕うかっていうと、後ろめたいことがあるからだ」

「後になったらなんとでも言えるよな」

最上が疑わしげに目を細める。

「だから最初から思ってたんだって」

「どうだか」

「うるせえ」

高田から枝豆を投げつけられた最上が、枝豆を投げ返す。年齢を重ねて立場が変わっても、やっていることは昔とまったく変わらない。

「やめとけ、おまえら。おっさんがはしゃいでも見苦しいだけだぞ」

たしなめた音喜多の額にも、最上の投げた枝豆が当たった。

「でもよかったよ。関東フィルもようやく活動を再開するみたいで」

高田が自分のところに飛んできた枝豆を食べながら言う。

前代未聞のスキャンダルの影響で一か月以上の活動休止を余儀なくされた関東フィルは、匿名の告発電話を握りつぶしていた楽団長を更迭し、新体制のもとでスタートを切るようだ。

「やっぱり、一か月のブランクはデカいのか」

音喜多の素朴な疑問だった。

「どうだろう。年に百本以上も公演打ってたのが一か月も空いたら、緊張するのは間違いない。だがもともと技術の高い演奏家の集まりだからな。何度かリハーサルすれば呼吸も合ってきて、それなりの演奏はするだろう」

「コンマスとフォアシュピーラーが替わっても、か」

「そりゃたしかにデカい。多少、音というか、空気感は変わっちまうかもな。だが指揮者はあのバルツァーレクだし、なんだかんだで上手くまとめてくるんじゃないか。コアなファンにしてみれば、それでもがっかりってことかもしれないが」

っていうか、と、高田が話題の矛先を変える。

「音喜多の口からコンマスとかフォアシュピーラーって言葉が出るとはな。おまえ、ちょっと前までト音記号すらわからなかったんじゃないか」

「いまもト音記号はわからない」

「マジかよ。まあ、音を楽しむのに譜面を読む必要はないが」

高田はあきれたように笑った。

「あの音大出の刑事の影響だろ」

最上が早く用件を言えとばかりに顎をしゃくる。

かつての同期が音楽隊の隊長に就任したと教えてくれたのは、最上だった。今日の酒席は、音喜多が最上に頼み込んでセッティングしてもらったものだ。

「音大出の刑事？」

高田が興味深そうな顔をする。

音喜多は姿勢を正した。

「おまえに、折り入って頼みがある」

「なんだよ、あらたまって。気味が悪いな。まあ、久々に会いたいって言うから、そんなことだろうと思ったけど……鳴海桜子のことか？」

これから出そうとしていた名前が高田の口から出たことに、驚いた。

「知ってるのか？」

「知ってるもなにも、大泉中央署の玄関でおまえと一緒にいるところを見かけた。あいつとペアを組んでたんだな」

「ああ。そうなんだ」

冴島椿は鳴海を隊長に紹介すると言っていたので、高田が鳴海の存在を認識しているとは意外だった。

「で、鳴海がどうした」

「あいつが音楽隊採用ってことは――」

「知ってる」

当然のような口ぶりだった。

「なら話は早い。あいつは、以前から音楽隊への異動を希望しているそうだが――」

手の平を向けて遮られる。

「おれの知っている話と少し違うな」

「どう違う」

最上がテーブルに片肘をつく。

「おれは鳴海を音楽隊に引っ張ろうとした。だが、断られた」

「それは違う。玉堤署の刑事課長があいつを手放さないんだ」

「いいや。あいつ自身が断ったと、おれは聞いているがな。意思確認をしたとも聞いているから、本人まで話がおりていないということもないはずだ」

予想外の答えに、二の句を継ぐまで時間がかかった。

「でもあいつは――」

「おれが隊長になる前は知らないぜ。人事に口を出せる立場じゃなかったからな。もしかしたら、以前は違ったのかもしれない。だが少なくともいまはそうみたいだ。音楽隊に異動する気はないらしい。まあ、おれが隊長でいる以上は、粘り強く声をかけていくつもりではいるが……」

「むしろなんでそこまで鳴海に固執する？　もしかして惚れてるのか」

最上がからかう口調だ。

「バカ言うな。どこかのオケのフォアシュピーラーみたいなことをするもんか。鳴海は薬《やく》丸《まる》昭《しょう》治《じ》の娘だぞ。欲しいに決まってる」

「は？」

最上が目を丸くした。

「誰だ。薬丸って」

音喜多の反応が信じられないという感じで、最上が興奮気味に言った。

「おまえ、薬丸昭治も知らないのか？　そんなベートーヴェンみたいな髪型してるくせに」

「これは生まれつきのくせっ毛だ。ベートーヴェンの真似してるわけじゃない」

「それにしたって知らなすぎじゃないか。あの薬丸昭治だぜ。世界的な指揮者の」

「指揮者？」

鳴海の父親が？　初耳だ。

そもそも、彼女のことをよく知っていると胸を張れるほどの付き合いではない。

「最上が知ってたのは意外だな」

高田は薬丸昭治の知名度に驚いたようだ。

「当たり前だろ。なんだっけ……どこか外国のオーケストラで指揮してるんだろ」

「ウィーンフィルな。世界三大オーケストラの一つだ。音楽隊隊長としては、そんなすごい人の娘さんに、泥臭い聞き込みをさせるなんてもったいないって思うわけだ」

「でも苗字が……」

音喜多は言った。

「たしか薬丸昭治は二度だっけな、三度だっけな、四度だったかもしれないが、結婚と離婚を繰り返しているんだ。鳴海は何度目かの結婚のときの子どもじゃなかったっけな。両親が離婚してるから父親と苗字が違うし、一緒に生活もしていない。父親と暮らしていたら、いまごろ日本にはいないはずだしな。かなり小さいときに離婚してたはずだから、鳴海にはほとんど父親の記憶がないんじゃないか」

「そうだったのか。鳴海もいろいろ大変だったんだな」

最上が神妙な顔で頷く。

――私の場合は、やめなさいとは言われなかった。高いレッスン料を払っているんだから一生懸命やりなさいって叱られただけでした。だから、やめさせてもらえるって、実はすごく幸せなことかもしれません。

音喜多の脳裏には、鳴海の言った言葉が蘇っていた。

彼女は世界的指揮者の娘だった。両親が離婚したのは、彼女がいくつぐらいのときだろう。彼女にレッスンを強制したのは世界的指揮者の父なのか、それとも母なのか。どちらかによって、意味合いが異なってくる。

もしもレッスンを強制したのが母親だとしたら、母親は娘を音楽家として成功させることで、元夫に復讐したかったのではないか。そんな母親の意図に逆らうために、娘は警察官になった。そうは考えられないか。警察官になったのは、自分は復讐の道具ではないという意思表示だったのではないか。

真相はわからないし、たしかめる機会もないだろう。

だが一つだけはっきりしたことがある。

鳴海には父親の記憶がない。

音喜多は娘と離れて暮らしている。

だからだ。音喜多が彼女にたいして、ことさら肩入れしてしまうのは。

――きょうだいっていうより、親子だと思いますけど。

鳴海の言う通りかもしれない。

「よかったな」

高田の言葉で現実に引き戻された。

「なにが」

「薬丸昭治は何度も結婚してる。男として励みになるだろう。二度といわず三度目指して頑張れ」

「二度目が失敗する前提かよ」

最上は腹を抱えて笑っている。

「三度目もないし、もちろん二度目もない」

鼻に皺を寄せる音喜多の肩を、最上が叩く。

「なんでだ。そんなに老け込むような年でもないだろう」

「そういうんじゃなくて」

「じゃあどういうんだよ」

そのとき、音喜多のスマートフォンが震えた。

結菜からのＬＩＮＥだった。

開いてみると『ね、弾けるでしょ』というメッセージに、動画が添付されていた。結菜がヴァイオリンを演奏する動画だ。

「なににやついてんだよ」

最上が横から覗き込んでくる。

「結菜から動画だ。ヴァイオリンを弾いてる」

「結菜って娘さんか？　ヴァイオリンをやってるのか？」

高田もテーブルに手をつき、身を乗り出してきた。

音喜多は二人に見えるようにスマートフォンをテーブルに置き、音量を上げた。

「ブラームス。ハンガリー舞曲第五番」

さすが音楽隊隊長だけあって、高田にはすぐに曲名がわかったようだ。

「へえっ。上手いもんじゃないか」

最上が感心しながら動画に見入っている。

発表会のときとは違い、娘の弓が止まることはない。ところどころつっかえているが、それでもなんの曲かわからなくなるほどの破綻はない。

「どうだろう。音楽隊隊長の目から見て、将来はプロになれるかな」

音喜多の言葉に、高田が笑う。

「親バカ、ここに極まれりだな」

「プロになれなくたって、楽しけりゃいいんじゃないか」

最上の正論に、高田が頷いた。

「なにごとも仕事にするとなると、楽しいばかりじゃなくなるからな」

「よくわかってる」と音喜多。

「そうだな。散々オケの闇を見せつけられたおまえらには、よくわかってるよな」と、高田が上目遣いに見てくる。それから液晶画面に視線を戻した。

「これぐらいのころがいちばん楽しいんだよ。指の動きが制御できるようになって、自分がどんどん上達してるのがわかって」

「ああ。全身で演奏を楽しんでるのが伝わってくるな」

最上の崩れた面相は、我が子を見守るかのようだ。

「やっぱりうちの娘、天才なんじゃないか」

「悪いことは言わないから、趣味の範囲で留めておけ」

三人で笑いながら、液晶画面の中でヴァイオリンを奏でる少女を見守った。

安居酒屋の狭い個室に、場違いなブラームスが響き渡った。

エピローグ

森田杏は舞台袖の緞帳《どんちょう》の隙間から、客席を覗き見た。

見なければよかった、と思う。

いったい自分が、なにを期待していたのかわからなくなる。ガラガラの客席を望んでいたのか。そんなはずはない。

六本木プレミアムホール大ホールは、二階席まで含めた二千六の座席がぎっしりと埋まっていた。関東フィルハーモニー管弦楽団、一か月ぶりの公演、しかもコンサートマスター、フォアシュピーラーを入れ替えた新体制のお披露目でもある。客席は関東フィルの新たな船出を見届けようと、押し寄せたクラシックファンの熱気でむせかえるほどだ。

活動休止期間があったぶん、リハーサル自体は、それまでの公演以上に入念に行うことができた。だがリハーサルはあくまでリハーサルだ。百時間リハーサルしても、一回の本番には及ばない。

「大丈夫か」

チェロの岩見が声をかけてくる。

「大丈夫です」

そう言ったのに、なぜか笑われた。

「ぜんぜん大丈夫じゃなさそうな言い方だな」

「そうですか」

「うん。声が震えてる」

「どうしたの」と歩み寄ってきたのは、ヴィオラの青木だ。すぐにどういう状態か察したらしく、「一緒に深呼吸しよう」と肩を撫でてくれた。

三人で深く息を吸い、吐く。

「やることは変わらないんだからさ。気楽に行こうぜ」

岩見が大きく肩を回す。

「曲自体は身体が覚えているわけだし」

青木が励ますように頷いた。

今日のプログラムはブラームスの交響曲第一番と第二番。子どものころから何度となく聴いたし、弾いてきた。譜面なしで最後まで演奏できるほど、身体に染みついた曲だ。

だがどうにも落ち着かない。

それはたんにブランクがあるからではなく、心の中に、指先に刺さった小さな棘のように、気がかりなことがあったせいだった。

　私は本当に、関東フィルに相応しいヴァイオリニストなのか。

　自分がオーディションに合格した背景に、死んだ久米の推薦があったのは知っている。その久米はもういない。ただいなくなったのではなく、とんでもないスキャンダルを置き土産に。おかげで体制を一新した楽団は『久米色』を排除しようと躍起になっている。杏はおそらく『久米派』と見られていたし、自覚もしていた。杏を久米の愛弟子《まなでし》のように捉えていた同僚も少なくない。

　そんな自分が、まだ関東フィルにいていいのだろうか。

　ここに自分の居場所はあるのだろうか。

　久米の裏の顔を知ったときには驚いたし、許されないことだと憤った。自分が子どものころを思い出すと、大人には逆らえなかった。ことにヴァイオリン教師ともなれば、絶対的な存在だった。それだけに、久米がいかに卑劣だったかがわかる。

　ぜったいに許せない。

　だが、完全に久米を嫌いになれたかというと、素直に頷くことはできないのだった。オーディションで引き上げてもらった恩があるし、入団してからもさまざまなことを教わった。あの久米が、あれほどの人格者が、本当にそんなことをしていたのかと疑う気持ちも、信じたくない思いも、いまだに残っている。

そんな自分が、ここにいてもいいのか。

関東フィルでヴァイオリンを弾く資格はあるのか。

だからといって退団することもできなかった。杏にとって関東フィル入団は夢だったし、ヴァイオリン以外の人生も考えられなかった。葛藤の中で日々を過ごし、ここまで来てしまった。

開演時間が近づき、楽団員たちが整列する。

杏の座席位置は3プルト目の表。指揮者から数えて三列目、客席側だ。コンサートマスターとフォアシュピーラーが消えたことにより、必然的にパート内での序列が上がった。

入場待機しながら目を閉じ、ヴァイオリンと弓を握る手に力をこめる。異常なほどに心拍数が上がり、いまにも倒れそうだった。

やっぱり無理――。

そう思って列から離れようとした、その刹那だった。

ふいに、背中に誰かの手が触れたような気がした。その手が、杏の背中をやさしく上下に撫でる。

いつかと同じ感覚だった。

――大丈夫大丈夫。

思い出した。

学生音コン小学生の部で入賞したときの、入賞者演奏会。

いまの自分は、あのときと同じだ。ここにいていいのか、ここに自分の居場所はあるのかと、心細さと緊張で全身が満たされている。

あのとき、高校生の部で入賞した鳴海桜子に励まされ、リラックスして演奏に臨むことができた。彼女がリハーサルで披露したプッチーニの『歌に生き恋に生き』は、圧倒的な声量と表現力だった。あんなすごい歌を歌うお姉ちゃんが大丈夫と言ってくれるのなら、きっと大丈夫だと自分を信じることができた。

久米のことは残念だが、事件の捜査を通じて鳴海桜子に再会できたことは、素直に嬉しかった。あのときの礼を言えたし、元気にしているのも知れてよかった。

——森田さんの技術は、拙くありません。

鳴海の言葉が蘇る。今度は遠い過去ではない、つい最近かけられた言葉だった。

——森田さんが加入してからの関東フィルのコンサート映像を、動画サイトで見ました。アンサンブルの一部として上手く溶け込んでいたと思います。演奏には、ソロで映える演奏と、アンサンブルで機能する演奏があります。もちろん、プロならどちらも人並み以上の高いレベルにあるべきですが、それでも高いレベルなりに、得意分野がある。森田さんのヴァイオリンはたぶん、ソロで聴いたら少し物足りないのかもしれない。それは几帳面だったり、控えめな性格が反映されているせいかもしれません。音には性格が出ますから。

ソリストとしては正直物足りない部分がある。でもアンサンブルの一部になったときには、完璧に機能する演奏だと思いました。人の音を聞いて、人に合わせる。自分よりも他人を引き立てる。そんな演奏です。だから、ほかの受験者の演奏がどうなのかわからないけど、森田さんの技術が関東フィルに相応しくないとは、まったく思いません。森田さんは自分の力で合格を勝ち取ったと思います。

そうだ。私の演奏は拙くない。私は自分の力で関東フィル楽団員の座を勝ち取った。

私の居場所は、ここにある。

ゆっくりとまぶたを開く。

嘘のように全身の力みが消え、気持ちも落ち着いていた。緊張はまだ残っているが、それを楽しめる心の余裕もできた。

——大丈夫大丈夫。

また鳴海さんに救われた。

いつかどこかで会えたら、お礼を言わないと。

万雷の拍手を浴びながら、杏は歩み出した。

参考資料

『クラシック音楽を10倍楽しむ――魔境のオーケストラ入門』
齋藤真知亜著（ベストセラーズ）
『指揮者は何を考えているか――解釈、テクニック、舞台裏の闘い』
ジョン・マウチェリ著、松村哲哉訳（白水社）
『西洋音楽史――「クラシック」の黄昏』岡田暁生著（中公新書）
『名曲（クラシック）謎解きミステリー――あのクラシックの名曲に隠された驚きの真実とは……』夢プロジェクト編（ＫＡＷＡＤＥ夢文庫）

YouTube
「バイオリンはじめちゃんねる」

この作品はフィクションであり、作中に登場する人物、団体名、場所等は、実在するものとまったく関係ありません。

文庫書き下ろし

中公文庫

人格者《じんかくしゃ》

2022年7月25日　初版発行

著　者　佐《さ》藤《とう》 青《せい》南《なん》

発行者　安部 順一

発行所　中央公論新社
〒100-8152　東京都千代田区大手町1-7-1
電話　販売 03-5299-1730　編集 03-5299-1890
URL https://www.chuko.co.jp/

ＤＴＰ　嵐下英治
印　刷　大日本印刷
製　本　大日本印刷

Published by CHUOKORON-SHINSHA, INC.
Printed in Japan　ISBN978-4-12-207229-9 C1193

各書目の下段の数字はISBNコードです。978-4-12が省略してあります。

中公文庫既刊より

さ-83-1
連弾 佐藤青南
幼き頃の憧憬は、嫉妬、そして狂気へと変わる――。彗星の如く現れた天才作曲家の正体を追う、二人の刑事が辿り着いた真実とは⁉ 文庫書き下ろし。
207087-5

ほ-17-14
新装版 ジウⅠ 警視庁特殊犯捜査係 誉田哲也
人質籠城事件発生。門倉美咲、伊崎基子両巡査が所属する警視庁捜査一課特殊犯捜査係も出動する。だが、この事件は〝巨大な闇〟への入口でしかなかった。
207022-6

ほ-17-15
新装版 ジウⅡ 警視庁特殊急襲部隊 誉田哲也
誘拐事件は解決したかに見えたが、依然として黒幕・ジウの正体は摑めない。事件を追う東と美咲。一方、特進をはたした基子の前には不気味な影が。〈解説〉宇田川拓也
207033-2

ほ-17-16
新装版 ジウⅢ 新世界秩序 誉田哲也
新宿駅前で街頭演説中の総理大臣を標的としたテロが発生。歌舞伎町を封鎖占拠し、〈新世界秩序〉を唱えるミヤジとジウの目的は何なのか⁉〈解説〉友清 哲
207049-3

ほ-17-7
歌舞伎町セブン 誉田哲也
『ジウ』の歌舞伎町封鎖事件から六年。再び迫る脅威から街を守るため、密かに立ち上がる者たちがいた。戦慄のダークヒーロー小説！〈解説〉安東能明
205838-5

ほ-17-11
歌舞伎町ダムド 誉田哲也
今夜も新宿のどこかで、伝説的犯罪者〈ジウ〉の後継者が血まみれのダンスを踊る。殺戮のカリスマvs.新宿署刑事vs.殺し屋集団、三つ巴の死闘が始まる！
206357-0

ほ-17-17
歌舞伎町ゲノム 誉田哲也
大人気シリーズ、〈ジウ〉サーガ第九弾！ 伝説の暗殺者集団「歌舞伎町セブン」に、新メンバー加入！ 彼らの活躍と日々を描いた傑作。〈解説〉宇田川拓也
207129-2